Helmut Krausser
Für die Ewigkeit

HELMUT KRAUSSER

FÜR DIE EWIGKEIT

DIE FLUCHT VON CIS UND JORGE JEGA

BERLIN VERLAG

Mehr über unsere Autoren und Bücher:
www.berlinverlag.de

MIX
Papier aus verantwor-
tungsvollen Quellen
FSC® C014496

ISBN 978-3-8270-1204-3
© Berlin Verlag in der Piper Verlag GmbH,
München / Berlin 2020
Satz: Uhl + Massopust, Aalen
Gesetzt aus der Scala OT
Druck und Bindung: GGP Media GmbH, Pößneck
Printed in Germany

ERSTER TEIL

BUENOS AIRES

I

Hunger. Und Hitze. 31 Grad, bereits um zehn Uhr morgens. Frisch geweißelte Mauern, wolkenloser Himmel. Das Stadtpalais des Don Vincente Alameda nahe dem *Parque Las Heras*, Buenos Aires, im Januar 1902, wir wissen den Tag nicht genau. Auf ein Klingeln an der Pforte hin öffnet der Majordomus einem dürren Menschen in verschlissener Kleidung. Der junge Mann gibt an, er sei aufgrund der Anzeige im Lokalblatt hier, wolle vorsprechen für den Posten des Klavierlehrers. Der livrierte Haushofmeister, nur seinen Nachnamen kennen wir, Sanchez, überlegt, den unwürdigen Zudringling abzuweisen, bietet ihm aber, aus Mitgefühl, eine Orangeade an und einen Teller halbierter Feigen. Sanchez gefällt das blonde Haar des Besuchers. Es kommt ihm nach einigem Abwägen vor, als müsse von solcher Blondheit der Herrschaft Meldung gemacht werden. In der Küche finden sich noch ein paar Zimtkekse.

Don Alameda, vom Vorhandensein jenes aus dem Rahmen fallenden Besuchers in Kenntnis gesetzt, verfügt, daß der Aspirant Platz nehmen möge im Klavierzimmer, wo er alsbald, vielleicht noch vor dem Mittagessen,

6

inspiziert werden soll. Im Innenhof des Palais setzt der Gärtner die Fontäne in Gang, von nun an untermalt ein gutmütiges Glucksen die Akustik. Der Garten, rund um den Brunnen aus blaßrotem Porphyr, wuchert von Orangen und Zitronen, unnützen Zierat gibt es kaum. Hier und da Marmorbänke, schlicht und weiß, im römischen Stil. Zwei der auf den Hof gehenden Balkone werden statt von Efeu von üppigem Basilikum umrankt. Reife Tomaten wachsen an Spalieren unterhalb der Balkone, und der dürre junge Mann hätte gute Lust, Tomaten und Basilikum in seinen Mund zu stopfen. Stattdessen ißt er hastig die verstaubten Kekse auf und stürzt die Orangeade in sich hinein. Es wäre ein denkbar ungeeigneter Moment, um ohnmächtig zu werden. Der junge Mann mit den hellen blauen Augen kann sich kaum auf den Beinen halten, er betritt das Klavierzimmer, nimmt, von Sanchez dazu aufgefordert, Platz am Steinway-Flügel. Schüchtern, fast wie ein Anfänger, schlägt er einige Tasten an, intoniert eine Toccata von Schumann, was den Haushofmeister, der ihn jede Minute sorgenvoll beaufsichtigt, immens beruhigt. Offenbar hat er keinem Betrüger oder Landstreicher Einlaß gewährt. Dieser verhärmte, spargelige Mensch hat sich offenbar – irgendwie, irgendwo – des Klavierspiels kundig gemacht, wenngleich seine Schuhe aussehen, als hätte er sie vor Jahrhunderten auf einem Schlachtfeld gestohlen. Jorge Jega – mit diesem Namen hat er sich an der Bedienstetenpforte vorgestellt – übergibt Sanchez vergilbte, nur schwer zu entziffernde Papiere, die ihn als deutschen Studenten ausweisen, immatrikuliert in Dresden. Jegas Spanisch klingt seltsam, alles in allem einigermaßen korrekt, wenngleich steif, beinahe drollig, wie antiquierten Lehrbüchern entnommen.

Endlich betritt Don Alameda den Raum, im weißen Zweireiher mit dunkelgrauer zugeknöpfter Weste, trotz der hohen Temperatur. Ein stattlicher, andere würden sagen: kräftiger bis korpulenter Mann um die Fünfzig, mit schmalem Schnurrbart. Für die Papiere kneift er ein Monokel ins Auge, bei jeder Bewegung seufzt er leise.

»Sie haben sich Sanchez als ›Jorge Jega‹ vorgestellt, hier steht aber was anderes.«

»Ich habe meinen Namen den hiesigen Sprechbedingungen angepaßt, das ist richtig.«

»Den ›hiesigen Sprechbedingungen‹ angepaßt. Wie klingt das denn? Sie sind witzig. Verstehe.«

Don Alameda läßt sich die Zeugnisse des jungen Mannes geben und überfliegt, nein, er liest sie in wenigen Sekunden komplett durch, denn es gibt recht wenig zu lesen. Ein oftmals gefaltetes Abiturzeugnis, das einen guten, aber nicht herausragenden Notenschnitt aufweist, ausgestellt von einem Realgymnasium in Leipzig. Das Empfehlungsschreiben einer russischen Hofpianistin, bei der Jörg Jäger – so heißt der junge Mann anscheinend – zwei Jahre Fortgeschrittenenunterricht erhalten und zu ihrer Zufriedenheit abgeschlossen hat. Dann noch die Bestätigung des Dresdener Musikkonservatoriums, daß genannter Jörg Jäger, männlich, damals zwanzig Jahre alt, zwei Semester dort absolviert, das Studium dann aus persönlichen Gründen abgebrochen habe, trotz ordentlicher Leistungen.

Jorge Jega hat, sagt er, erst zwei Jahre Zeit gehabt, die spanische Sprache zu lernen. Er sei aus dem überfüllten Deutschland ausgewandert, um in Argentinien sein Glück zu finden, habe bisher jedoch Pech gehabt und Unglück erlitten. Doch gebe es jetzt eine neue, womöglich letzte Hoffnung – er kramt eine Zeitung vom Vortag aus seiner Ledertasche und zeigt auf die umkringelte Stellenanzeige.

KLAVIERLEHRER für den Unterricht einer höheren Tochter gesucht, steht da.

Er, Jorge Jega, bewerbe sich hiermit um die Stellung. Während Jega versucht, die Hacken zusammenzuschlagen, was ihm nicht recht gelingt, denn er hat nie gedient und seine Schuhe sind nicht geeignet, einen Knall zu erzeugen, zittert er vor Hunger und noch etwas mehr vor Nervosität.

Don Alameda, leicht pikiert vom Pathos der ›womöglich letzten Hoffnung‹, bittet ihn um ein paar Darbietungen seiner Kunstfertigkeit. Jega entscheidet sich für die träumerische E-Dur-Etüde Chopins (op. 10 Nr. 3), danach improvisiert er etwas in rhythmischem Moll, leitet über in eine Bach-Chaconne und endet mit der argentinischen Nationalhymne. Alameda kann Speichellecker nicht leiden, davon abgesehen hat ihm der Vortrag des jungen Mannes gefallen, und das Spielen der Hymne durch einen Ausländer findet er aufgrund so offensichtlicher Verzweiflung und Erbärmlichkeit letztlich entschuldbar.

»Sie werden meiner Tochter eine Probestunde geben. Jetzt gleich. Mal sehen, wie Sie *ihr* gefallen. Wenn Sie ihr *nicht* gefallen, war es das schon. Einverstanden?«

Jega nickt, er hat mehr erreicht, als am Morgen zu hoffen gewesen war. Alameda klatscht in die Hände, schiebt sein Monokel in die Tasche und verläßt den Raum ohne Abschied. Jega bleibt auf dem Klavierstuhl sitzen, beschließt dann, lieber im Stehen zu warten, um keinen lümmelhaften Eindruck zu erwecken. Minuten vergehen. Es tut sich nichts, eine Viertelstunde lang, eine halbe Stunde lang. Endlich tritt sie ein.

Francisca Julietta de Gonzales-Alameda. Es existieren keine Fotografien von ihr aus jener Zeit, obwohl es mindestens zwei gegeben haben muß. Glaubt man den Stimmen ihrer Zeitgenossen, war Doña Francisca ein apartes, graziles Geschöpf, so wie zehntausend andere Mädchen in einer Landeshauptstadt. Die meisten Beschreibungen stimmen überein: Wangen von natürlicher Röte in einem eher schmalen Gesicht, milchbleiche Haut, die prachtvoll mit ihrem schwarzem Haar kontrastierte, ein spitzes Näschen, dünne, aber in ausgeprägter M-Form geschwungene Lippen, die ihr etwas Verschmitztes verliehen, selbst wenn sie ohne Mienenspiel vor sich hin träumte. Das Haar trug sie glatt und halblang, kunstlos nach hinten zum Zopf gebunden, und sie bevorzugte Kleider, die Blicke auf ihre Schultern gewährten, nicht zuviel, nicht obszön wie die Laufkurtisanen an der Hafenpromenade, aber genug, um das Mißbehagen ihres Vaters auszulösen, der ihr regelmäßig anriet, wenigstens einen Schal umzuwerfen, bevor sie aus dem Haus trat, sie könne sich erkälten. Selbst jetzt, im Hochsommer, wiederholte er diesen Ratschlag formelhaft wie einen Zauberspruch.

Francisca trat ins Zimmer, ein Mädchen von siebzehn Jahren, und es war, als ströme sie herbei wie frische Luft oder gleißendes Licht, und mit ihr der Duft von Jugend

und Übermut. Sie trug ein dünnes weißes Baumwoll-
kleid, das durch einen braunen schmalen Ledergürtel
tailliert wurde, und ihre Füße, sehr kleine Füße, steck-
ten in Sandalen, die man von Darstellungen antiker
Szenen kennt. Ihre Augen leuchteten eine Spur blauer
als blau, wie die Kornblume, wie der wolkenfreie Himmel im Spätherbst, bevor er sich mit der Dunkelheit zu
mischen beginnt. Kurz: Es gab an ihr nichts Wesentli-
ches auszusetzen, und sobald Jorge Jega ihrer ansichtig wurde, fühlte er den Keim der Liebe zu ihr. Natürlich
war es Begierde. In seinem Alter wußte er beides noch
nicht klar zu unterscheiden. Er würde mit ihr fortgehn.
Er sah sie und wußte sofort, in der allerersten Sekunde,
er würde mit ihr fortgehn, sie freien und lieben und
nehmen und heiraten und nahe bei sich haben bis zum
Tod. Und beide hatten sie ja blaue Augen. Im nächsten
Moment schon hatte Jorge Jega all das verdrängt, denn er
war kein Kretin und bereits geschult genug vom Leben,
um zu wissen, wieviel man sich herausnehmen kann
beziehungsweise wieviel man sich selbst zumuten darf.

Er stellt sich ihr vor. Sie knickst, sagt nur »Francisca«, wirft ihr Köpfchen dabei kurz hin und her wie
eine eigensinnige Marionette. Er bittet sie, ihm etwas
vorzutragen, ganz gleich was, am besten freies Spiel,
nichts Auswendiggelerntes. Sie öffnet erstaunt, beinahe
empört, den Mund.

»Wie? Etwas Eigenes? Ich bin doch kein Composi-
teur?«

»Improvisieren Sie bitte! Das sagt mir am meisten,
mehr als etwas Erlerntes, bei dem ich nicht weiß, wie
lange Sie daran geübt haben.«

Ihr Mund schließt sich wieder, zeigt ein gespielt verzagtes Lächeln, ja sie spielt bereits, wenn auch noch nicht auf dem Klavier, längst jedoch mit ihm.

»Also soll ich wirklich *irgendetwas* vortragen? Keinen Czerny, Clementi oder Bach?«

»Irgendetwas, genau. Ich bitte darum.«

Das Mädchen setzt sich an den Flügel, schiebt ihr Kleid zurecht, greift in die Tasten und entlockt ihnen eine sinnfreie Kakophonie. Jega läßt sich das keine zehn Takte lang gefallen, schlägt mit der Handfläche auf das Holz und zischt vernehmlich, ungefähr so, wie man einen bellenden Hund zu beruhigen versucht.

»Herrgott! Sie wissen ganz exakt, was ich meine. Wenn Ihr Herr Vater uns zuhört! Sonst eben doch Czerny, Clementi oder Bach!«

Die Drohung wirkt. Das Mädchen überlegt kurz, spielt dann etwas sehr Melodiöses, Balladenähnliches, schlicht im Ausdruck und vom Technischen her wenig anspruchsvoll. Damit zeigt sich Jega zufrieden und bittet sie, die Passage zu wiederholen, mit diesen und jenen eingestreuten rhythmischen Finessen, mit einer zweiten Stimme hier und da und komplexeren Akkorden. Sie gehorcht und gibt sich Mühe. Jega setzt sich nun zu ihr, sie spielen die sentimentale Weise vierhändig, in schärferem Tempo. Schließlich übernimmt er die Führung und verwandelt das harmlose Stück in eine Kadenz von beeindruckender Virtuosität, wohl, um sein Können zu demonstrieren, um Autorität zu erlangen, ein wenig auch, um anzugeben.

Francisca staunt, mit leicht offenem Mund, wie erhofft, aber was sie dann sagt, konsterniert ihn.

»Zuviel des Guten, Maestro!«

Jega muß lachen und weiß nicht, wie er reagieren soll. Das Mädchen springt auf, verläßt tänzelnd den Raum. Er überlegt, was dies zu bedeuten hat. Ist sie beleidigt? Wird sie sich bei ihrem Vater über ihn beschweren? Er wähnt sich bereits gescheitert, als Francisca erneut den Raum betritt, ein Tablett auf dem Arm.

»Lassen Sie uns frühstücken, Maestro, mein Magen fühlt sich ganz leer an!«

Sie bringt (mit ihren eigenen Händen! Ohne Hilfe eines Dieners!) Kaffee und halbe Brötchen, bestrichen mit bernsteinfarbenem Feigengelee. Anscheinend sind Feigen zur Zeit ein günstig gehandeltes Obst. »Greifen Sie zu, Maestro!« Sie beißt in ein Brötchen, hält ihm ein anderes hin, das er, mit einem Nicken als Dank, gerne und gierig annimmt, das er verschlingt, wie er auch Francisca verschlingen will, er ist ihr bereits verfallen und ahnt davon, er weiß es sogar, es ist ein schmerzhaftes Wissen. Keine Minute lang wird er dieses Mädchen unterrichten können, ohne daran zu denken, wie es wäre, sie zu haben. Er nimmt ein zweites Brötchen vom Tablett, stillt seinen wütenden Hunger im Bauch, während ein anderer Hunger entsteht, weiter oben, in seinem Kopf, und weiter unten, deutlich weiter unten.

»Wie kommt ihr beiden voran?« Don Vincente steht plötzlich in der Tür, die er mit seinem massiven Leib fast ausfüllt. Jorge Jega erschrickt so sehr, daß er sein Brötchen fallen läßt. Erstaunlicherweise landet es nicht mit der Geleeseite auf dem Fußboden, so daß er es später aufessen kann.

»Ich mag ihn«, sagt Francisca, »ich glaube, er ist ganz richtig für mich.«

Jegas Augen leuchten stolz, innerlich frohlockt er bereits. Alameda sorgt für einen Dämpfer.

»Na schön, Sie bekommen eine Woche Probezeit. Jeden Tag außer Sonntag geben Sie meiner verzogenen Tochter anderthalb Stunden Unterricht, jeweils ab elf Uhr morgens. Sie können dann bei der Dienerschaft zu Mittag essen und erhalten pro Tag fünfzig Centavos. Nach einer Woche, wenn Francisca Sie danach behalten will, verhandeln wir neu. Können Sie damit leben?«

Jorge nickt und macht eine tiefe Verbeugung. »Damit kann ich leben, ja«, und er muß finster lächeln, als ihm bewußt wird, wie wortwörtlich diese Aussage zutrifft.

II

Jega konnte sich nichts Besseres als eine Gemein-
schaftsunterkunft am Hafen leisten, wo er in einem
Zimmerchen von kaum zwölf Quadratmetern eines von
sechs Stockbetten beziehen mußte, als musisch begab-
ter, hellhöriger Mensch zusammengepfercht mit fünf
meist betrunkenen, lautstark schnarchenden Matrosen,
deren Gestank nüchtern kaum zu ertragen war. Wollte
Jega nicht bestohlen werden, mußte er, was er besaß,
stets bei sich tragen. Wofür seine Ledertasche allerdings
schon seit einigen Wochen ausreichte. Den Namen Jorge
Jega hatte er sich nicht etwa zugelegt, um der hiesigen
Bevölkerung die Aussprache seines wahren, von Umlau-
ten berstenden Namens zu ersparen. In Uruguay wurde
per Steckbrief nach ihm gefahndet, und er wußte nicht
mit Gewißheit, ob mit dem Grenzübertritt die Sache ein
für alle Male ausgestanden war. Für gefälschte Papiere
fehlte ihm das Geld, obgleich man im Hafen preiswert
welche erstehen konnte. Daß er bisher in keine Poli-
zeikontrolle geraten war, rechnete er sich als Glück an.
Um sieben Uhr abends ließ er sich in seine Koje fallen, die er zuvor nach Wanzen abgesucht hatte. Fünf
Stunden Schlaf würden ihm vergönnt sein, bevor gegen
Mitternacht die Matrosen kämen und singend, bestenfalls summend, mit ihren Leistungen bei den Hafen-
nutten prahlten. Sie würden ihm, weil sie im Grunde

gutmütige Kerle waren, einen Becher Wein spendieren, ihn alsbald aber, aufgrund seines stillen und ernsthaften Wesens, verspotten und verachten. Dann würde er den Strohsack nehmen und den Rest der Nacht auf dem geteerten Dach verbringen. Es würden, mehr oder minder, dieselben Sterne zu sehen sein wie in den klaren Nächten damals, vor gefühlten Ewigkeiten, in Deutschland, als er noch eine Zukunft besaß, eine Liebe und Zuversicht.

Jega war ein einziger Anzug verblieben, ein einziges Paar Hosen und Stiefel, aber wenigstens konnte er noch die Unterwäsche wechseln und das Oberhemd. Von den fünfzig Centavos, die Alameda ihm in die Hand gedrückt hatte, hatte er haltbares Kommißbrot in Dosen und gepfefferte Hartwurst gekauft, als Vorrat für kommende Notzeiten. Zwanzig Centavos gab er für ein Schaumbad im *Baño Público* aus. Um fünf Uhr morgens war dort außer ihm kaum jemand, und man bekam kein schon benutztes, wieder aufgewärmtes Wasser. Während er seinen Körper einseifte, kehrten Gedanken an Lene und die Zeit in Dresden zurück. Lenes Kind wäre jetzt drei Jahre alt, hätte längst zu sprechen begonnen. Er schlug mit beiden Fäusten gegen seine Schläfen, um die Erinnerungen zu vertreiben. Sobald er sich nackt betrachtete, kam auch Lene wieder, er spürte sie körperlich; halb Traum, halb Schmerz war sie jetzt.

Man kann Länder wechseln und die Kleidung, sogar Überzeugungen, selbst die Religion. Die Liebe aber nicht. Und die Liebe zu einer Toten, dachte Jega, könnte ewig halten, denn nichts von dieser Welt nutzt sie ab, es sei denn, vielleicht, eine neue Liebe.

III

Ab elf Uhr wurde im Klavierzimmer gut gearbeitet und wenig geplaudert. Die von Jega gewünschten Noten hatte Sanchez beim Musikalienhändler besorgt; Beethovens Mondscheinsonate stand auf dem Programm. Francisca roch herrlich, wenn auch dezent, nach Rosen, Orangen und sich selbst. Neben ihr zu sitzen und zu schnuppern war Sensation genug, und Jega schob den Kaffee ein Stück weit weg, damit dessen Duft den ihren nicht überlagerte. Dann räusperte er sich und biß auf seine Lippe, wie um sich zu maßregeln. Noch war nicht das mindeste erreicht, er besaß die Anstellung, die ihm ein Überleben garantieren konnte, nur auf Probe, und in seiner Angst, es könne jederzeit alles schieflaufen, vermied er, das Mädchen anzusehen, wich jedem Blickkontakt aus, sah gar zur Decke, wenn er mit ihr redete. Wodurch er den Eindruck eines blasierten, überqualifizierten Gecken auf sie machte, der, von Alltagszwängen belästigt, viel lieber anderswo gewesen wäre, für sich, allein in einer stillen Kammer, wo er tun konnte, was immer er tun wollte.

Nach der Klavierstunde ging Francisca zu ihrer Familie in den ersten Stock hinauf, an die herrschaftliche Tafel, während er ins Souterrain hinabstieg, um in einem Raum neben der Küche mit den Bediensteten zu Mittag zu essen. Meist Suppe und Brot, etwas Wurst

und Käse, manchmal Eintopf, sonntags mit Fleischein-
lage, zum Nachtisch immer frisches Obst. Niemand
konnte sich beschweren, alle wurden satt. Manchmal
tauchte der Don höchstselbst auf, um nach dem Rechten zu sehen und sich volksnah zu geben. Es war schwer
zu beurteilen, ob diese Überraschungsbesuche fürsorg-
licher Natur waren oder ob ihn das Bedürfnis nach Kontrolle trieb. Vielleicht beides. Der Don war bei einigen
beliebt. Andere, die er irgendwann hatte bestrafen müssen, äußerten sich weniger lobend.

Im Hause Alameda wurden seit neuestem auch die
Gesindetoiletten mit Klopapier bestückt. Jorge konnte es
kaum fassen. Weiches Papier, das einzig zum Zweck exi-
stierte, sich den Hintern zu säubern. Statt alter Zeitungen, die diesen Zweck ja auch erreicht hatten. Papier,
zum darauf Schreiben gänzlich ungeeignet, zudem
noch parfümiert. Sagenhaft, wenngleich schon ziemlich
dekadent. Ein Hausherr, der seinen Bediensteten soviel
Luxus gönnte, konnte kein ganz schlechter Mensch sein.

Der Don hatte eine Angewohnheit, die manchmal
Ekel erregte, besonders bei jungen, noch überempfindli-
chen Damen. Wie andere Leute Bonbons, trug er immer
eine Dose voller Schnecken bei sich. In Olivenöl und
Tomatenbrühe gekochte Schnecken, die man üblicherweise als Vorspeise mit dem Zahnstocher ißt, pflegte er
im Ganzen in den Mund zu stecken, daran herumzu-
züngeln und zu lutschen, bis er endlich das leergezu-
zelte Gehäuse in einen Messingtopf spuckte, wie andere
Männer den Pfriem ihres Kautabaks. Von daher war in
gewissen Kreisen, in denen Vincente Alameda nicht
sonderlich beliebt war, vom »Schneckenfresser« die

Rede. Im Jargon jener Zeit wurde der Begriff ›Schnekken‹ verwendet, um kleine, hilflose Menschen herabzuwürdigen, die nichts besaßen außer ihrem Schneckenhäuschen und ihrem Vaterland. Auf beides waren sie über Gebühr stolz, worauf auch sonst? Don Alameda gab vielen Schnecken Lohn und Brot, dem Großgrundbesitzer gehörten etliche Ländereien sowie drei Fabriken. Er züchtete Puten, verkaufte Mais und ließ einen Gutteil des Brotes backen, das die Hauptstadt täglich konsumierte. Seine einzige Tochter, Francisca, mußte ihrem künftigen Bräutigam Millionen wert sein. Dessen war sie sich sehr wohl bewußt. Sie hätte nicht einmal schön sein müssen, um freie Auswahl zu haben. All das wußte Jega an diesem Tag noch nicht, doch bei Tisch, wo man sich sehr und auf angenehmste Weise für den Deutschen interessierte, kam es ihm nach und nach zu Ohren.

Anfangs versuchte er, Francisca zu hassen. Weil er sie nie würde haben können. Weil ihre Präsenz ihm überdeutlich machte, daß er ein Nichts war, ein mittelloser Mensch ohne Aussicht und Wert. Doch war dieser Haß kaum mehr als ein letzter, lächerlicher Schutzschild voller Sollbruchstellen.

Francisca indes äußerte sich beim Mittagstisch betont wohlwollend über Jorge Jega, hauptsächlich, um ihren zur Eifersucht neigenden Vater herauszufordern. Einen blonden Klavierlehrer würde sie in dieser Gegend nicht so schnell wieder finden, die Freundinnen würden allesamt eifersüchtig sein. Um zwei der wichtigsten Kriterien zu nennen. Tatsächlich war Franciscas Eindruck zwiegespalten. Die erste Stunde mit dem neuen Lehrer hatte sie genossen, die zweite als eher fade bis stinklangweilig empfunden. Der junge Deutsche hatte gerade so getan, als sei er im Geiste woanders, habe kein Interesse an ihr und zöge, Gott bewahre, die Gesellschaft junger Männer der ihrigen vor. Das ging so nicht, das konnte so nicht bleiben. Francisca war gewohnt, im Mittelpunkt zu stehen, mit einigem Recht. Denn wer sonst – wenn nicht sie – war prädestinierter dafür, Zentrum des bewohnten Universums zu sein? Wenn ein notleidender, ausgehungerter Gringo in ihrer Gegenwart den geschlechtslos Unnahbaren mimte, brachte das die naturgegebene Ordnung der Dinge durcheinander. Jemand, der ihr das Klavierspiel beibrachte, der ihr also Mühen und Plagen und wunde Fingerkuppen bescherte, hatte sie gefälligst auch zu unterhalten, zu amüsieren, das war nicht etwa zuviel verlangt, das war das mindeste.

Cis, so lautete ihr Kosename bei den gleichaltrigen Freundinnen, beschloß, Jega bei nächster Gelegenheit auf Trab zu bringen. Sonst, dachte sie, kann ich mir ja gleich das Strickzeug nehmen. Ich bin vielleicht noch fünf Jahre jung, dann ist das Leben halb vorbei. Nein, dachte sie, jeden Tag meiner Jugend will ich genießen. Francisca tänzelte durch das Büro ihres Vaters. Ganz oben auf dem Stapel lagen Jegas Papiere, die er nach Ablauf der Probewoche zurückbekommen sollte. Strenggenommen hätte man seine Anstellung, da sie die Dauer von drei Tagen überschritt, der Polizeibehörde melden müssen. Aber niemand außer ein paar Schnekken machte sich diese Mühe, und zur Not konnte man immer behaupten, man habe noch nicht die Zeit dafür gefunden. Cis bemerkte, daß unter den Papieren ein Meldeschein für Ausländer fehlte. Was bedeutete, daß Jega als Tourist auf höchstens sechs Wochen eingereist war oder sich illegal im Land aufhielt. Jedoch gab es, quasi als Ersatz, einen etwas älteren, immer noch gültigen Meldeschein für Montevideo, den die hiesigen Behörden kulant akzeptiert hätten. Ein junger Künstler auf Südamerikareise. Gut. Für jemanden, der Geld besaß, war das kein Problem, er wäre stets willkommen, überall. Aus Montevideo also. Hatte es ihm dort nicht gefallen? Bestimmt war Buenos Aires um einiges schöner.

Francisca Alameda bemerkte verblüfft, daß sie sich selten so viele Gedanken gemacht hatte, und das auch noch wegen einer doch ganz unwichtigen Angelegenheit. Kannte sie eigentlich jemanden aus Montevideo? Sie war noch nie dort gewesen, obwohl das Schiff dorthin gerade mal acht Stunden brauchte. Papá kannte bestimmt viele Leute in Montevideo, er exportierte Putenfleisch, Tiere, die nur mit seinem eigenen Qualitätsmais gefüttert wurden und deshalb als besonders schmackhaft galten. Jetzt fiel ihr plötzlich ein: Natürlich kannte sie jemanden aus Montevideo, natürlich, Papá hatte doch das Büro dort mit einem ihrer Cousins besetzt, Alfredo Torres, ein frecher Kerl, soweit sie ihn in Erinnerung hatte. Aber die Erinnerung war arg blaß, sie hatten einander seit acht Jahren nicht mehr gesehen.

IV

»Ich mag die Mondscheinsonate nicht.«

»Wie meinen?«

»Ich mag sie nicht. Die Musik ist plakativ.«

»Beethoven, *plakativ*?«

»Und so deutsch. Beinahe hätte ich auf dem Liceo Deutsch gelernt. Ich hab mich dann für Französisch und Englisch entschieden, beides soll viel leichter sein. Wo kommen Sie her in Deutschland?«

»Ursprünglich Leipzig. Dann Dresden.«

»Sind das große Städte?«

»Kann man so sagen. Andere behaupten, Berlin sei die einzige Großstadt in Deutschland.«

»Waren Sie schon mal verlobt?«

»Na hören Sie, Fräulein Francisca –«

»Nennen Sie mich bitte Cis. Wie die Note. Hier –«, sie zeigte auf ihre Halskette, »da ist mein Kreuz, das mich erhebt, sehen Sie? Von einem strahlend reinen C einen Halbton hinauf.«

»Machen wir mit der plakativen teutonischen Musik weiter ...«

»Wovon wollen Sie ablenken, Maestro?«

»Von gar nichts, aber ich werde hier nicht fürs Plaudern bezahlt. Wenn Sie größere Fortschritte machen, dann, vielleicht, können wir uns wieder unterhalten.«

»Sie sollten sich überlegen, in welchem Tonfall Sie mit mir reden. Ich rate Ihnen das dringend.«

Jorge Jega staunte, er erschrak beinah. Seinerseits hatte er geredet, wie ein Lehrer mahnend mit einer Schülerin reden darf; Francisca aber war dabei, ihm zu drohen. Mit einer Abgebrühtheit und Kaltschnäuzigkeit in der Stimme, die er so aus dem Mund eines noch jungen Mädchens nie vernommen hatte. Das konnte er ihr nicht durchgehen lassen, auf keinen Fall.

»Doña Francisca, wenn Sie mich loswerden wollen und die Mittel dazu haben, gehen Sie zu Ihrem Vater und schmeißen mich raus, das ist Ihr gutes Recht. Aber wenn Sie das Klavierspiel erlernen wollen, dann behandeln Sie mich bitte als Ihren Lehrer, als eine Respektsperson – und nie wieder so von oben herab, verstanden? Ich habe meinen Stolz.«

»Haben sonst ja nix.« Francisca grinste frech, aber die kleine Rede Jegas hatte ihr tatsächlich imponiert. Die meisten Schnecken hätten den Kopf eingezogen und das Knie gebeugt; dieser Mensch hier war entweder sehr dumm oder sehr unerfahren. Oder sehr schlau und sehr erfahren, aber das war unwahrscheinlich, bei einem Mann.

Jega ging auf ihre Bemerkung nicht weiter ein und setzte sich an den Flügel, spielte den ersten Satz der Mondscheinsonate durch. Cis hörte zu. Was für hinreißende Musik das doch war. Ganz und gar großartig.

»Ich habe mir Ihre Bewerbungsunterlagen angesehen, Maestro.«

»Ja und?«

»Gut! Gut gemacht.«

»Wie meinen?«

»Bis auf Kleinigkeiten. Aber mein Vater hat ja nichts gemerkt.«

Jega zuckte zusammen, mehr innerlich, äußerlich aber auch, es war kaum zu kaschieren.

V

Alfredo Torres wunderte sich sehr über den Brief, den der Postbote ihm ins Büro gebracht hatte. Ein parfümierter Brief, mit violetter Tinte von Frauenhand geschrieben und nicht an seine Privatadresse geschickt – von solcher Art war der Stoff, aus dem Gerüchte entstehen. Hätte Lucia den Brief gesehen, hätte er ihn ihr von vorn bis hinten vorlesen – und detailliert erläutern müssen. Zum Glück kam er von einer Verwandten, wenn auch von einer entfernt Verwandten, einer demnach heiratsfähigen Verwandten. Alfredo staunte nicht schlecht. Die Absenderin war seine Cousine zweiten Grades, von der er acht Jahre lang nichts gehört hatte. Er war damals sechzehn gewesen, sie erst neun, vom Alter her zu weit auseinander für Spiele, die beiden gefallen hätten. Doch Alfredos sehr ehrgeiziger, weit vorausdenkender Vater hatte ihm angeraten, Francisca stets freundlich und zuvorkommend zu behandeln, damit sie ihn mochte und in guter Erinnerung behielt, denn eines Tages würde sich das jähzornige Kind in eine grandiose Partie verwandeln. Nun, genau das schien aus ihr geworden zu sein. Eine Spur zu grandios für ihn, den Kontorverwalter, den es auf diesen Außenposten verschlagen hatte, während seinen Vater der Typhus hingerafft hatte, mit nur einundfünfzig Jahren. Seither war Alfredo alleine gewesen, bis Lucia in sein Leben trat und sie sich verlobten. Torres zündete sich eine Zigarette an. Gut, wenigstens war er hier sein eigener Chef, hatte ein Auskommen und nicht allzuviel zu tun, das war die eine Seite der Medaille. Karriere machen konnte er als Ausländer aber kaum oder nur mit hohem Risiko und geliehenem Kapital. Wahrscheinlich würde er bis ans Lebensende in dieser zu bunten, zu lauten Stadt festsitzen und in einer langweiligen Position für die Import-Export-Geschäfte seines angeheirateten Onkels Vincente Alameda tätig sein.

Mein lieber Fredo – so begann der Brief, in sehr vertraulichem Ton. Lange war die Rede von schönen Erinnerungen an gemeinsame Abenteuer aus der Kindheit – Fredo konnte sich an kein einziges erinnern –, dann folgte die Aufforderung, er möge sie doch einmal besuchen kommen. Das klang interessant, denn ein Porträtfoto lag bei, welches eine äußerst attraktive junge Frau zeigte. Lucia durfte dieses Foto auf keinen Fall zu Gesicht bekommen, sie würde ihm nie verzeihen, daß er soviel Schönheit bei sich trug. Am besten, er vernichtete es jetzt gleich, sofort. Er verschob es dann doch.

Du bist ja nicht aus der Welt und gehörst zur Familie. Ach ja?

Don Alameda konnte ihn nie besonders gut leiden, der Grund war Alfredo nie ganz klar geworden, aber vermutlich, so fiel es ihm jetzt ein, hatte es damit zu tun, daß er immer so nett zu dessen einziger Tochter gewesen war, der vormals arroganten, inzwischen grandiosen Partie. Das Geplänkel ging noch eine Seite weiter, mit belanglosen Familiengeschichten und Anekdoten, die allenfalls für unmittelbar Beteiligte lustig gewesen sein mochten. Dann endlich kam Francisca zum Punkt. Sie habe einen neuen Klavierlehrer, namens Jorge Jega, eigentlich aber Jörg Jäger aus Deutschland, der habe zuvor in Montevideo unterrichtet. Ob er, Fredo, eventuell von ihm gehört habe oder bei Leuten fragen könne, die vielleicht von ihm gehört hätten?

Alfredo Torres mußte lachen. Das Mädel war entweder paranoid oder verliebt. Wie zu erwarten, hatte er nichts gehört, weder von einem Jega noch Jäger, aber selbstverständlich kannte er Beamte, die anhand der Meldelisten ganz schnell herausfinden konnten, wo dieser Klavierlehrer zuletzt in Anstellung gewesen war. Eine Kleinigkeit. Unbeantwortet lassen konnte er den Brief auf keinen Fall, das hätte Francisca erzürnt. Der empfindsamen, meint: vor Eifersucht glühenden Lucia gegenüber würde er diese Sache lieber unerwähnt lassen. Schon allein, weil die Ärmste vor Monaten noch formschön gewesen war, bevor sie leidige, unerklärliche Probleme mit ihrem Stoffwechsel bekam. Es gab dreißig Kilo an ihr, auf die er lieber verzichtet hätte. Das Bild der ranken Cis in seiner Tasche, ob Verwandte oder nicht, hätte Lucia womöglich in eine Krise gestürzt.

VI

»Ich weiß nicht, wovon Sie reden, Señorita…«

»Na, die Fälschungen. Mein Vater hat zum Glück nichts gemerkt, sein Französisch ist schlecht. Keine Angst, ich verrate Sie nicht.«

Jega starrte seine Schülerin mit offenem Mund an. Dann, ohne etwas gesagt zu haben, schloß er ihn wieder, als wolle er ihr Gerede kommentarlos ignorieren. Sie hatte dabei recht. Das in Französisch geschriebene Empfehlungsschreiben der russischen Pianistin war seiner freien Fantasie entsprungen, er hätte sich niemals Stunden bei einer solchen Koryphäe leisten können. Und das Austrittszeugnis des Dresdener Konservatoriums? War ihm auf der Reise nach Amerika verlorengegangen, er hatte es rekonstruiert und ein wenig beschönigt, den Stempel nachgezeichnet. Wie um aller Welt kam sie bloß darauf, ohne der deutschen Sprache auch nur mit einer Silbe mächtig zu sein? Er biß sich auf die Zunge und schwieg. Überlegte kurz, eine Ausrede zu gebrauchen, die er sich zuvor zurechtgelegt hatte, zum Beispiel, daß das Französisch einer russischen Pianistin durchaus von Fehlern strotzen könne, warum denn nicht? Aber er schwieg.

Francisca schwieg auch, lächelte in sich hinein, ohne ihren Triumph plump auszukosten. Dieser Moment beidseitig ausschwingenden Schweigens war von intimer Natur, wie ein Duett ohne Worte und Musik, wie ein langer, verklingender Akkord aus Gedanken. Wohlwollend ruhte Franciscas Blick auf ihrem Lehrer: Jorge war, nachdem er sich ein paarmal satt gegessen hatte und neue, von Sanchez geborgte Kleidung trug, ein schmucker schlanker Mensch geworden, der großartig Klavier spielen konnte. Und er war blond, wie kaum sonstwer in der Stadt. Diese stahlblauen Augen, heller als ihre eigenen. Das fand sich nicht so leicht bei Einheimischen. Auch besaß er schöne Hände, grazil, beinahe wie die einer Frau.

Der Unterricht wurde fortgesetzt, und entgegen Jorges Befürchtungen erlebte er Cis von dieser Minute an als gelehrige, folgsame Schülerin. Tadellos, geradezu vorbildlich akzeptierte sie seine Vorschläge, von Anweisungen konnte nicht die Rede sein, so gewissenhaft, als seien es rettende Unterweisungen für den Notfall, ohne die eine Katastrophe kaum verhindert werden könne. Manchmal kam es ihm vor, als würde sich das Fräulein auf höhere Art über ihn lustig machen. Er fühlte sich während der Stunde unwohl und doch auch wieder nicht. Es war ein Unwohlsein jener Sorte, das unfreiwilliger Trunkenheit ähnelt und sich doch schnell in Genuß verwandeln kann.

Francisca, oder Cis – er gewöhnte sich langsam an die Kurzform –, hatte ihn in der Hand, das war an sich nicht gut, aber offenbar zerquetschte sie ihn nicht, das war sehr, sehr gut. Sie hätte ihn verraten können, schien aber lieber seine Komplizin sein zu wollen. Das war ausgezeichnet. Musikalisches Talent besaß sie leider keines.

VII

»Sie haben sich nach einem gewissen Jorge Jega beziehungsweise Jörg Jäger erkundigt? Darf ich fragen, weswegen?«

Alfredo Torres war, allerdings sehr höflich, auf das Polizeipräsidium gebeten worden, um eine mündliche Stellungnahme abzugeben, nun saß er vor dem Schreibtisch des Bezirkshauptmannes Garriba. Er hatte sich, da er nicht wußte, worum es ging, vorgenommen, nicht viel zu sagen und keinesfalls Lügen zu gebrauchen. So konnte ihm, dachte er, kaum Schaden entstehen.

»Eine Freundin bat mich darum, genauer gesagt... ist sie eine entfernte Verwandte, die wohl in irgendeinem... nun, fragen Sie mich nicht, Verhältnis zu diesem Menschen steht. Sie lebt im Ausland, in Buenos Aires, und ich habe sie seit vielen Jahren nicht gesehen, somit weiß ich leider nichts Näheres. Warum fragen Sie mich das? Wenn es mir meinerseits erlaubt ist, zu fragen.«

Der Hauptmann war ein dicklicher, stark schwitzender Mensch, der Unmengen Eau de Cologne gebrauchte, um seine Mitmenschen zu beschwichtigen. Stur hielt er an seiner lockigen dunkelblond-graumelierten Haarpracht fest, eine Buffalo-Bill-Mähne, wie man sie bei über Sechzigjährigen nur selten zu Gesicht bekommt. Mit seinem Walroßschnauzer und der knolligen Säufernase bot er ein abstoßendes, auch einschüchterndes Bild.

»Sie dürfen. Selbstverständlich. Jäger wird gesucht. Er hat sich eines Verbrechens schuldig gemacht und sich vermutlich, wie Sie mir gerade auch bestätigen, ins Ausland abgesetzt. Sollten Sie Kenntnis davon erhalten, daß er nach Uruguay zurückkehrt, bitte ich Sie darum, mir unverzüglich Meldung zu machen.«

»Selbstverständlich. Nun haben Sie meine Neugier geweckt, und ich stehe ja auch in der Pflicht, meine Cousine zu warnen, falls ihr dieser Mensch eines Tages zu nahe kommen sollte. Welches Verbrechen genau wird ihm zur Last gelegt?«

»Mordversuch an einem Senator unsrer Republik.«

Torres stutzte und überlegte kurz, wie weit er sich vorwagen wollte.

»Mordversuch an einem Senator? Ich lese die Zeitungen ja auch. Das kann dann ja nur... die Sache mit Ortega gewesen sein.«

»Ortega, genau. Niedergeschossen von einem Studenten, der zuvor die Gattin verführt hat. Abscheulich.« Garriba schnaubte in gespielter Empörung. Von den Zeitungen war, je nach politischer Couleur, so oder so über die Sache berichtet worden.

»Hieß es nicht, es sei ein faires Duell gewesen, und der Senator habe sich wie ein schlechter Verlierer benommen?«

»Sind Sie Defätist?«

»Bin ich – was?«

»Kein Patriot, auf jeden Fall. Sind ja *Argentino*, ein Mann von drüben, als Gast bei uns, na klar, ich sehe. Nun, sagen wir so: Ein ausländischer, mittelloser und ehebrecherischer Student verletzt einen hiesigen Senator schwer. Somit *kann* das gar kein faires Duell gewesen sein.«

Garriba starrte Torres an. Der rätselte, ob, was der Hauptmann eben gesagt hatte, ernstgemeint oder ironisch formuliert war. Es ließ sich nicht eindeutig heraushören, und vielleicht war dies Garribas Absicht. Die Demokratie im Lande war noch jung; die weißen reichen Männer blieben mächtig wie eh und je. Der Deutsche, so stand es in den eher linken, Ortega nicht so liebevoll zugeneigten Blättern, habe dem Duell nur unter Protest zugestimmt, denn er habe im Leben noch nie eine Waffe in der Hand gehalten, während Fernando Ortega ein meisterhafter Schütze und sich seines Sieges sicher gewesen sei. Völlig unerwartet habe eine Pistolenkugel Ortegas Schulter durchschlagen, während er selbst nicht mehr dazu gekommen war, abzudrücken. Die einen behaupteten nun, der Student habe sich einen unlauteren Vorteil verschafft und zu früh geschossen, während andere Zeugen des Vorfalls von einem verrückten Unfall geredet hatten, inzwischen seltsamerweise aber nicht mehr bereit waren, ihre Version auf die Bibel zu schwören. Der Student hatte nach erfolgtem Schuß die Pistole weggeworfen und war davongelaufen. Ortega stand als gehörnter, um seine Revanche gebrachter Ehemann da, er tobte, machte seinen politischen Einfluß geltend, ließ den Studenten zur Fahndung ausschreiben. Bei den Straßenmusikanten, die das tägliche Geschehen mit frischen Liedern kommentierten, galt der Senator danach auch noch als unsportlich und als schlechter Verlierer.

Ortegas Gattin Doña Marta verweigerte jedwede Stellungnahme. Es konnte nicht einmal geklärt, geschweige denn belegt werden, ob zwischen Marta Ortega und Jäger (beider Namen reimten sich hübsch, die Bänkelsänger liebten das) überhaupt etwas Unzüchtiges vorgefallen war. Der Deutsche, soviel ging aus dem Melderegister hervor, war bei den Ortegas als Klavierlehrer angestellt gewesen, über ein halbes Jahr lang.

Torres bedankte sich unterwürfig für alle Informationen und versprach bedingungslose Kooperation. Er wolle seiner Cousine sofort schreiben und sie über das gefährliche Subjekt aufklären. Vielleicht wäre ein Telegramm noch besser. Garriba meinte daraufhin, und zum ersten Mal schmunzelte er ein wenig, daß man von behördlicher Seite eigentlich ganz zufrieden damit sei, Jäger in Argentinien zu wissen. Das Ganze liege zwei Monate zurück, Fernando Ortega habe inzwischen Zeit gehabt, nachzudenken und zu begreifen, daß er in dieser Angelegenheit keine günstige Figur mehr abgeben könne, egal, welche Wendung die Geschichte noch nähme. Sogar der Senator selbst empfände es inzwischen wohl als anstrengend und lästig, wenn man Jäger in Uruguay aufgreifen sollte und ihm einen Prozeß machen müsse. Niemand wolle das. Die Schulter des Senators sei gut verheilt, und auf den Straßen würden längst neue Verse gesungen. Garriba und Torres gaben sich die Hand.

Unter freiem Himmel holte Fredo noch einmal das Foto Franciscas aus der Innentasche seines Jacketts und betrachtete es mit wachsendem Wohlgefallen.

VIII

Die Hände der Francisca Alameda waren eher klein und konnten gerade mal Oktaven greifen, für größere Tonabstände mußte sie sich mit sogenannten Chopin-Arpeggien behelfen, ebenjene übte Jega heute mit ihr ein. Zuviel durfte man ihr nicht zumuten, sie beklagte sich schnell über schmerzende Gelenke und häßliche Hornhaut, die ihr auf den Fingerkuppen wachsen würde. Ihre Haltung war nachlässig, als müsse sie für ein Gemälde posieren, das der Maler *Gelangweiltes schläfriges Mädchen* zu nennen gedachte.

»Rücken gerade! Finger nicht so von oben her bitte, das Klavier ist keine Schreibmaschine. Wenn es noch eines Argumentes bedürfe, würde ich sagen, Sie sehen nicht gerade anmutig aus, wenn Sie von zu weit oben auf die Tasten hacken wie ein pickender Vogel.«

»Sie sind heute wieder sehr galant, Maestro. Es freut mich, daß Sie um meine Anmut besorgt sind. Freut mich wirklich. Ich gebe mir auch gerne Mühe, anmutig für Sie zu sein.«

Jega mochte solch kokettes Gerede nicht, obgleich er es liebte und vom Klang ihrer Stimme leicht in Erregung geriet. Francisca war bereits zu sehr Frau, um dies nicht zu bemerken. Sie hatte noch nie etwas mit einem Jungen gehabt, geschweige denn mit einem deutlich älteren Mann. Hinter ihrer zur Schau gestellten Selbstsicherheit wechselten sich Spiellaune, Neugier und auch ein wenig Angst ab, etwas falsch zu machen, zumal sie noch nicht genau wußte, worauf das Spiel hinauslaufen sollte.

In dieser Stunde berührten sich die beiden zum ersten Mal. Cis stellte sich so lange bockig an, bis er mit seinen Händen ihre ein wenig nach unten drückte, um ihr den besten Anschlagwinkel zu demonstrieren. Vorher hatte es zwischen den beiden nicht einmal einen Handschlag gegeben, denn ein solcher war auf diesem Kontinent nur unter Männern üblich. Als Cis leise zu schnurren begann wie ein Kätzchen, merkte Jega sofort, daß er einen Fehler begangen hatte. Mit geröteten Wangen räusperte er sich laut, tat einen Schritt von ihr weg, ging aber nicht weiter auf die Sache ein.

Seine Schülerin hatte ihm zu Beginn der Stunden mit unverblümter Offenheit gesagt, daß er, wolle er die Stellung behalten, für Spaß zu sorgen habe. Wie dieser Spaß denn aussehen solle, fragte er, und sie meinte, sich das auszudenken sei nun ganz allein seine Sache. Sie wolle den Unterricht genießen, nicht ertragen müssen. Vielleicht nicht die ganze Zeit, das sehe sie ein, aber sie müsse sich auf etwas freuen können, das sei doch nicht zuviel verlangt.

Jega hatte nachgedacht und bot ihr vierhändiges Spiel an, bei dem sie eine Oberstimme improvisieren sollte, zu träumerisch-schwülstigen gebrochenen Moll-Septakkorden, die sie sehr mochte. Das klang recht gut und wurde im Hause gern gehört. Selbstverständlich lauschte das ganze Haus, selbst im Souterrain freute man sich an der Musik und lästerte über langweilige Tonleitern. Wie Cis die Stimme formte, verriet einiges von ihrem Wesen, jedenfalls bildete Jega sich das ein. Sie war frech, parlant, impulsiv, spitzbübisch, sofern man das von einem Mädchen sagen kann – und stolz, sehr stolz. Für südamerikanische Verhältnisse nicht übertrieben stolz, in Deutschland hingegen hätte sie als hochmütig gegolten, und jede Erzieherin hätte ihr zu mehr Dezenz geraten, um etwaige Heiratskandidaten nicht abzuschrecken.

Gegen halb eins wurde die Klavierstunde beendet, und Cis steckte ihrem Lehrer, wie an jedem Tag, einen kleinen Beutel zu, mit Naschereien vom Frühstücksbuffet. Anfangs fand er diese Geste reizend und hilfreich, doch weil er sich ja mittags beim Gesinde satt essen konnte, bekam die Zuwendung etwas für ihn Peinliches. Und dann strich Francisca ihm plötzlich zum Abschied über die Wange, mit dem rechten Zeigefinger, ganz kurz nur, doch das war einfach unerhört, ging entschieden zu weit, war eine Tätlichkeit, um nicht zu sagen eine Zärtlichkeit, es war... Egal, was es exakt gewesen war, hätte Don Alameda es mitbekommen – und er trug weiche Schuhe, konnte jederzeit plötzlich in der Tür stehen –, es wäre ein Grund für den sofortigen Rausschmiß gewesen, verbunden wahrscheinlich mit einer Tracht Prügel.

»Sie bringen mich in Gefahr, Francisca.«

»Cis. Sag bitte Cis! Ja?«

»Das kann ich nicht. Wenn Ihr Herr Vater das hört...«

»Dann sag es eben leise. Aber ich will es so.«

IX

Alfredo Torres, Montevideo,
an Francisca Alameda, Buenos Aires,
16. Januar (Donnerstag) 1902

Meine liebste Francisca,
wie hab ich mich gefreut, von Dir zu lesen! Und die
Fotografie, sei tausendmal bedankt – aus Dir ist wahr-
lich eine Schönheit geworden. Selbstverständlich
müssen wir einander bald wiedersehen, das wird sich
in naher Zukunft auch sicher ergeben. Was Deinen
Klavierlehrer betrifft, so habe ich einiges in Erfahrung
gebracht und leider keine guten Neuigkeiten für Dich.
Der Mensch ist ein Krimineller, ein gefährliches Sub-
jekt, hier wird steckbrieflich nach ihm gefahndet, weil
er auf einen Senator geschossen und ihn beinahe
getötet hat. Zuvor hat er wohl dessen Frau verführt.
Ich rate zu äußerster Vorsicht und rechne darauf, daß
Du seine Anstellung sofort beendest, vielleicht unter
einem Vorwand, ohne ihm mitzuteilen, was Du
nunmehr über ihn weißt. Er könnte sonst hysterisch
werden, sich in der Falle wähnen und Gott weiß was
tun. Ich schreibe Dir, nicht aber Deinem Vater, wie
ich es eigentlich tun sollte, doch hätte ich dabei das
Gefühl, etwas über Deinen Kopf hinweg zu tun. Du
hast Dich an mich gewandt – und ich übernehme

gerne die Rolle Deines Vertrauten, Deines Außen-
postens und Freundes. Nur bring Dich bitte nicht in
Gefahr. Ansonsten gibt es wenig Neues mitzuteilen,
ich träume vom ruhigen Land, die schlechte Luft der
Stadt ist mir ein Greuel, es gibt nicht viel zu tun, um
so mehr habe ich mich gefreut, ein wenig für Dich den
Detektiv spielen zu dürfen. Behalte mich in Deinem
gütigen Herzen, sei gegrüßt, richte Grüße auch an die
gesamte Familie aus,
Dein Fredo

Francisca Alameda las den Brief mit großen Augen viele Male hintereinander. Dann faltete sie ihn zusammen und versteckte ihn im Rücken ihres Gebetbuches. Den Umschlag verbrannte sie und dachte über Jorge nach und auch ein wenig über Fredo, dessen Sätze in manchen Wendungen klangen, als sei er bereit, mehr für sie zu sein als nur Außenposten. Mit einem zeitungsgroßen Fächer erwehrte sie sich der zunehmenden Hitze und gestattete der verfetteten Violetta, auf ihrem Schoß zu liegen. Heute war Samstag, morgen würde Jorge frei haben, so hatte sie noch ein wenig mehr Zeit, nachzudenken.

X

Am Sonntag, seinem freien Tag, ging Jorge, in Erwartung des unmittelbar bevorstehenden Arbeitsvertrages, in die Oper. Natürlich nicht in die Große Oper, das *Teatro Colón*, dafür besaß er weder Geld noch die geforderte Garderobe, sondern in das viel volkstümlichere *San Martín*, wo es kaum Kleidungsvorschriften gab, solange man nicht in kurzen Hosen erschien. Gespielt wurde argentinische Operette, und ein Stehplatz in der Galerie kostete nur zwei Pesos. Man durfte dort trinken und konnte sich zum Rauchen in den Flur vor den Toiletten begeben, um anschließend jederzeit wieder seinen Platz einzunehmen. Das Stück war witzig. Bescheiden instrumentiert, aber mit schmissigen Melodien, die vom Publikum gefeiert wurden.

Jorges Gedanken drehten sich um Francisca. Mal war sie ganz nahe, dann wieder schien er ihr entkommen zu können. Er mußte sie auf Abstand halten, ohne sie zu beleidigen, zu verärgern oder zu langweilen. Vielleicht war der Spagat möglich, indem er ihr ein bißchen was zugestand, das Wesentliche aber vorenthielt. Niemals durfte es zu einem Kuß kommen, niemals. Danach würden alle Dämme brechen, und er würde, so fürchtete er aus Erfahrung, jegliche Kontrolle über sich für immer verlieren. Ihn plagte die Angst, erneut *auf ein Weibsbild hereinzufallen*, wie es sein Vater so derb ausgedrückt hatte, damals, in der letzten Unterredung vor der Abreise nach Bremerhaven, und er erinnerte sich an dessen gutgemeinte Ratschläge und Sinnsprüche.

... man fällt zu tief dabei und bricht sich leicht den Hals, nicht nur das Herz. Die Liebe ist für Menschen, die ansonsten keine Sorgen haben. Hinan zieht uns das Weibliche, hinunter dann das Leibliche ...

Undsoweiterundsofort. Jorge Jega hatte seinem Vater nie geschrieben, nicht eine einzige Postkarte. Kein Lebenszeichen. Die Mutter war längst tot.

Argentinische Operette. Mit Peitschengeknalle und einem Pferd auf der Bühne. Eine Dreiecksgeschichte mit schlüpfrigen Witzen und glücklichem Ende. Ja, das war bunt und komisch und laut, aber allzuviel Können steckte nicht dahinter. Für so etwas, dachte Jega, würde ich kein halbes Jahr brauchen, hätte ich nur Ruhe und kein höheres Töchterchen am Hals, voller Neugier und naßforschem Trieb.

Sein Denken, von einer Strategie war kaum zu reden, bestand aus der Planung von Rückzugsgefechten. Er wollte partout noch nicht einsehen, in welch aussichtsloser Lage er sich befand. Eine weitere Flucht, woandershin, irgendwohin, ohne Geld und Verbindungen, schien ihm allerdings noch hoffnungsloser. Er war Francisca ausgeliefert und haßte sie deswegen. Und er liebte sie abgöttisch, was erschwerend hinzukam.

So viel war schiefgelaufen, ohne zwingenden Grund. Warum war er jetzt nicht in Deutschland, schloß die Meisterklasse an einem renommierten Konservatorium ab und komponierte seine erste Oper, als Stipendiat einer Stiftung für begabte junge Künstler? Eine Oper über, sagen wir mal, einen weltfremden Jüngling, der ins Ausland fliehen muß, dort in allerhand dummes Zeug verwickelt wird und trotz heroischer Gegenwehr an den Frauen zugrunde geht. Die Männer im Publikum sähen sich bestätigt und rehabilitiert, und die Frauen genössen das Sujet als sublime Rachefantasie. Der immer noch junge Komponist baut sich von den Tantiemen ein Haus und wird vom Kaiser mit dem Lorbeer gekrönt. So hätte es doch auch kommen können.

Er verfluchte den Tag, an dem er Lene begegnet war. Aber wenn nicht ihr, dann wäre es eine Liselotte oder Judith oder Gerda gewesen. Irgendein Mädchen hätten die Götter immer für ihn bereitgestellt, das lag in ihrer boshaften Natur, in der Natur überhaupt, in seiner besonders. Man benötigt zuviel Glück, um ein glückliches Dasein zu führen. War es denn nicht möglich, diese Welt zu einer besseren umzugestalten? Vielleicht würden die Sozialisten Erfolg haben, oder der Mensch an sich machte eine neue Entwicklung, hin zur Güte, zur Gerechtigkeit. Aber das war in Jahrmillionen nicht geschehen, also warum gerade jetzt oder auch nur bald?

Es gab, alles in allem betrachtet, nur eine einzige Lösung, die etwas Trost versprach. Sich Francisca hinzugeben, sie zu nehmen und zu genießen, danach Selbstmord zu begehen. Ein kurzes Leben, durchaus, aber mit Höhepunkten gegen Ende. Und arg viel mehr schien aus dieser kurzen Spanne Zeit auf Erden nicht herauszuholen.

Jorge hatte in einem Buch einmal von verurteilten englischen Adligen gelesen, die vor gut zweihundert Jahren in einem Karren zu ihrer Hinrichtung, ja, sogar

Vierteilung gefahren wurden, die dabei weltliche Lieder sangen und Braunbier tranken. Warum auch nicht? Solcherart Haltung gefiel ihm, doch sie zu adaptieren, sie sich wie eine Kapuze überzuwerfen, war eine zu schwere Übung für jemanden, der seinen grüblerischen Charakter nicht einfach an der Garderobe ablegen konnte. Es waren, fiel ihm ein, überdies Adlige gewesen, privilegierte Gefangene, die zuvor nicht in Ketten liegen mußten oder ausgepeitscht wurden wie gemeine Delinquenten. Diese Leute hatten immer Grund zu feiern, sogar so kurz vor ihrem grausamen und häßlichen Tod.

Nach der Vorstellung hatten im Foyer des Theaters die Kurtisanen ihren Auftritt. Man erkannte sie sofort, nicht unbedingt an ihrer Kleidung, die so extravagant oder freizügig gar nicht war, auch nicht an etwas, das lasziv zur Schau gestellt wurde, mehr an der Art, wie sie alleine, einen Arm in die linke Hüfte gestemmt, die Wandelgänge auf und ab promenierten und dieses ganz bestimmte Gesicht aufsetzten, das angesprochen werden will. Mancher honorig aussehende Mann reichte einer völlig Unbekannten den Arm, das Schwälbchen hakte sich bei ihm ein, man tat vertraut, und während man zusammen ein paar Schritte hinaus ins Dunkel trat, wurde über den Preis und die Absteige verhandelt. Jorge Jega war noch nie bei einer solchen Frau gewesen, nicht etwa aus moralischem Abscheu, allein aus Geldmangel und der Furcht vor einer Krankheit.

XI

Francisca ließ sich nichts von ihrem neuerworbenen Wissen anmerken, behandelte ihren Lehrer allerdings um einiges respektvoller als zuvor. Natürlich übte sie nur den ersten Satz der Mondscheinsonate und auch nur Teile davon, der Rest wäre viel zu schwierig gewesen bei ihren bisher kaum fünf Jahren Praxis. Die Probewoche war vorüber, ein Vertrag wurde fixiert. Don Alameda zahlte Jega sein erstes reguläres Gehalt samt Vorschuß, insgesamt 75 Pesos. Jega konnte sich endlich ein billiges Pensionszimmer leisten und eine zweite Hose, ein weiteres Hemd. Das stärkte sein Selbstbewußtsein enorm, auch war er froh, weil Francisca in der Stunde heute recht handzahm gewesen war. Ernst und nachdenklich.

Doch schon am nächsten Tag änderte sich das. Ihr Fuß schälte sich aus dem Hausschuh, und sie zeigte ihm schamlos ihre Zehen, auf die sie mit roter Farbe Punkte und Sterne gemalt hatte, wie es bei manchen Prostituierten gerade Mode war. Er tat, als bemerke er nichts, nicht einmal, als ihr Fuß an seinem Bein entlangstrich, fast bis zum Knie hinauf.

Francisca schmiegte sich an seine Brust und flüsterte gezuckerte Sätze, die aus Groschenheften stammen mußten.

»Du hast mich im Innersten getroffen, Maestro, oder

soll ich sagen: Wir zwei haben uns in meinem Innersten getroffen?« Seine Antwort wirkte wenig streng, wenig spektakulär, beinahe hilflos: »Sie sind mir eine Spur zu selbstbewußt, keckes Mädchen, um etliches zu selbstbewußt.«

Francisca griff nach seiner Hand, preßte sie auf ihr Décolleté. Jorge zuckte zurück, entriß ihr die Hand und spürte zugleich, daß diese so unfreie Hand mit fünf Verrätern bestückt war, die etwas ganz anderes wollten, als die Vernunft empfahl. Für heute hatte Jorge dem Ansturm widerstanden, doch mit jedem Tag wurde es schlimmer. Schließlich erschien Francisca von vornherein barfuß zu den Stunden und machte sich einen Spaß daraus, ein Gläschen Erdbeerlimonade, Rotwein war ihr ja noch nicht erlaubt, auf dem Boden zu verschütten und ›versehentlich‹ hineinzutappen, womit sie grazile Fußspuren hinterließ, die ihn wider Willen sehr erregten. Aber woher wußte sie das nur?

Mal strich sie ihm über die Lippen, mal umfaßte sie seine Hüften und wollte ihn zu sich ziehen. Beim freien Improvisieren wechselte sie oft abrupt eine Oktavlage nach unten, damit ihre Schulter sich an der seinen reiben konnte. Er wagte nicht, laut zu protestieren, wehrte sich physisch und schob sie weg, mal mehr, mal weniger grob, woraufhin sie leise kicherte und eine Weile Ruhe gab. So ging das Spiel über Tage weiter, jedesmal mimte er den Belästigten, den Empörten, doch konnte er die nächste ihrer Frechheiten kaum erwarten. Dabei hatte er sich besser im Griff, als von ihm selbst erhofft, was wohl auch daran lag, daß die Räumlichkeit etwas wirklich Skandalöses kaum zugelassen hätte. Jederzeit konnte ein Diener eintreten oder Don Alameda selbst, und manchmal kam dessen dritte Gattin, Franciscas hüftsteife Stiefmutter Bernarda, um sich auf der Récamiere langzulegen und dem Unterricht zuzuhören. Im Grunde war er in *diesem* Zimmer relativ sicher.

Folgerichtig schlug Francisca ihm am Freitag ein Treffen außerhalb des Hauses vor, einen Spaziergang zu zweit, am nächsten Tag vor dem Abendessen, nach ihrer Ballettstunde. Es war der Moment erreicht, an dem er ihr unbedingt Einhalt gebieten mußte. Unter Aufbietung aller Reserven rang er sich klare Worte ab. Nie zuvor hatte er sich selbst mit größerem Unbehagen zugehört.

»Sie überschreiten Ihre Grenzen, Doña Francisca. So können wir nicht weitermachen. Jedenfalls ich nicht.«

»Apropos Grenzüberschreitung. Wie verlief denn deine, als du aus Montevideo türmen mußtest?«

Jorge starrte sie an, mit weit geöffneten Augen. Von dieser Sekunde an wußte er zwei Dinge. Daß er ihr in noch viel größerem Ausmaß ausgeliefert war, als bislang vermutet. Und daß er den Körper dieser jungen Hexe bald näher kennenlernen würde, als er es sich in seinen wildesten Fantasien ausgemalt hatte.

Schließlich stimmte er ihrem Vorschlag zu. Ein gemeinsamer Spaziergang. Sie würden zu den Docks gehen und Händchen halten, beobachtet von neidischen Hafenarbeitern. Mit einiger Wahrscheinlichkeit würde es zu einem Kuß kommen. Zu viel mehr jedoch kaum, das gab die Umgebung nicht so leicht her.

Es ist besser, dachte Jorge, ihr ein wenig nachzugeben, bevor sie mich offen zu etwas erpreßt und ich mein

Gesicht vor ihr verliere. Möglicherweise findet sie gar keinen Gefallen an meinem Mund.

Er überlegte, Knoblauch zu essen, doch schien ihm das eine Spur zu albern und auch respektlos.

So geschah es wie in einer zuvor ausgedachten Choreographie. Er holte sie aus der Ballettschule ab, wartete auf der gegenüberliegenden Straßenseite, damit es nach einer Zufallsbegegnung aussah. Wie bei den Kurtisanen im Theaterfoyer. Francisca hakte sich bei ihm ein, was in der Öffentlichkeit eigentlich nur Verwandten und Verlobten erlaubt war, und sie flanierten Richtung Hafen, in eine nicht sehr noble Gegend, wo das Risiko, einem Bekannten zu begegnen, eher gering genannt werden konnte.

In einem schattigen Gäßchen, hinter einer Topfpalme, küßte sie seine Wangen, seine Stirn, zuletzt den Mund. Er ließ das alles geschehen, ohne Regung, stellte sich praktisch tot. Francisca sah ihm tief in die Augen und schien sich zu amüsieren, obgleich sie leicht zitterte. Dann, plötzlich und unerwartet, ließ sie ab von ihm und ging, ohne ein Wort, nach Hause, fröhlich trällernd, wie um ihr Beleidigtsein zu kaschieren und im Spiel die Oberhand zu behalten.

Für den Moment war Jorge erleichtert, doch rechnete er für den kommenden Montag bereits mit seiner Kündigung. Er gab so wenig Geld aus wie nur möglich, um für eine eventuell notwendige Flucht zu sparen. Mit den paar Pesos in seiner Börse würde er keine fünf Tage überleben, bevor er als Bettler auf der Straße landete. Danach wäre sein Schicksal wohl für immer entschieden.

Er hatte eine Idee. Eigentlich war es keine Idee, mehr ein Perspektivwechsel. In seiner Zukunftsangst dachte Jorge Jega darüber nach, wie es wäre, Francisca nicht als Bedrohung, sondern als Möglichkeit zu betrachten. Sie war die Tochter eines sehr wohlhabenden Vaters. Was wäre, wenn er ihr Spiel zu seinem machte? Die Sachlage stellte sich prompt ganz anders dar, erträglicher, und sei es nur deshalb, weil der Spielball zum Spieler wurde. Im Grunde mußte er froh sein, ja, lauthals jubeln darüber, daß ein so reizendes Mädchen etwas an ihm fand. Wenn Francisca wirklich etwas für ihn übrig hatte, konnte sie ihn nicht nur lieben, sondern genausogut retten, mit einer großzügigen Spende. Natürlich nur im Falle, daß er die Stelle verlor und abreisen mußte. Er kam sich etwas schäbig vor bei solchen Gedanken, aber jetzt und hier war nicht die Zeit, um edel zu sein, nein, jene Zeiten lagen lange zurück.

In der darauffolgenden Woche verhält sich Jorge deutlich zugänglicher, schiebt seine Schülerin nicht mehr beiseite, beantwortet ihre Küsse mit leisem Seufzen und legt seinerseits eine Hand auf ihr Knie. Zuerst reagiert sie verwirrt, geradezu mißtrauisch. Bald schon gefällt ihr das meiste von dem, was er tut. Sein Mund öffnet sich nun ein wenig, wenn er sie küßt. Es ist weitaus weniger ekelerregend, als sie es sich vor ein paar Jahren noch vorgestellt hat. Als seine Zungenspitze die ihre zum ersten Mal trifft und seine Hand auf ihrem Oberschenkel liegt, spürt sie etwas wie Euphorie und beschließt, diesen Deutschen ein Leben lang zu lieben, ihm für immer anzugehören, in guten wie in schlechten Zeiten. Das ist schön. Über jeden Zweifel erhaben. Sie läßt es sogar zu, daß seine Hand vom Knie weiter nach oben gleitet, beinahe bis hin zum Ursprung jeden Lebens, nur wenige Zentimeter fehlen.

Er zeigt ihr, wie man ein Ohr berühren, einen Nakken küssen muß, an welchen Stellen man seine Finger in fremde Schultern drücken darf, damit es dem anderen gefällt.

Wenn er ihr Lust bereitet, sozusagen Anschauungsunterricht gibt, mit ständig neuen, originelleren Varianten, gewinnt Jorge im Spiel die Oberhand. Eine Francisca Alameda aber kann sich nicht fallen lassen wie ein Blatt, muß vor sich selbst die Form wahren. Das Spiel wäre, ohne einen Rest von Regelwerk, kein Spiel mehr. Wo in der Berührung eine gewisse Grenze nicht überschritten werden darf, kommt man sich im Gespräch näher.

Geschmeichelt und amüsiert zu Beginn, hört Jorge der Geliebten bald immer aufmerksamer zu, wenn sie über eine gemeinsame Zukunft palavert. So, als könne ihr Vater alldem jemals zustimmen. So, als würde Jorge Jega in irgendeiner Zukunft oder Parallelwelt mehr sein als nur ein mittelloser Klavierlehrer.

In dieser Woche verhalten sich beide maßlos naiv, leben in einer Welt, in der es außer ihnen keine Menschen gibt. Wenn die Klavierstunde vorbei ist, gehen sie nach unten, schlüpfen in den fünf Minuten, die bis zum Mittagessen bleiben, in die Speisekammer, ausgerechnet in die Speisekammer – und küssen sich, berühren einander, und es ist mehr als Zufall, reines Glück, daß kein Dienstbote Augenzeuge wird. Es ist auch sonst – das reine Glück. Leidenschaft und Abenteuer. Francisca bekommt zu sehen, was sie noch nie gesehen hat, und Jorge zeigt ihr, andeutungsweise, wie es funktioniert. Nicht die fortgeschrittenen Sachen für Verheiratete, nein, noch sind beide nicht wahnsinnig, aber Francisca erlangt eine erste Vorstellung davon, womit sie es in einer Hochzeitsnacht zu tun haben wird.

XII

Als die Familie Alameda am Sonntag aus der Kirche kommt, um halb zwölf am Vormittag, tritt plötzlich ein Bettler an Doña Francisca heran und hält ihr einen Zettel hin, wie Bettler das so machen, wenn sie stumm sind und Geld verdienen wollen. Dieser Bettler jedoch drückt ihr den kleingefalteten Zettel in die Hand. Francisca staunt, begreift aber sofort. Es muß eine intime Botschaft sein, die Don Alameda, der ein paar Schritte vor ihr geht, besser nicht zu Gesicht bekommen sollte. Der Absender muß Jorge sein, wer sonst?

Francisca gibt dem Bettler einen ganzen Peso. Sie trägt nie Geld bei sich, schon gar kein metallenes, nur eben an jedem Sonntag diesen einen Peso für wohltätige Zwecke nach dem Kirchgang. Weshalb sie bei den Ärmsten sehr beliebt ist und viele von ihnen sich am Sonntagmorgen ganz darauf konzentrieren, von Francisca wahrgenommen zu werden.

Nun hält sie einen ominösen Zettel zwischen ihren Fingern verborgen, es vergehen quälend lange zehn Minuten, bis sie zu Hause, im Ankleidezimmer, endlich die Botschaft des Geliebten lesen kann.

Da steht:

Liebe Cis, ich bin in der Stadt, würde Dich gern unter
vier Augen treffen, im Castellana, in zwei Stunden.
Komm bitte, herzlich grüßt Fredo

Francisca Alameda und Alfredo Torres treffen sich in
einem Café mit Terrasse am Ende der Avenida del Liber-
tador, wo es zu dieser frühen und heißen Stunde am
Nachmittag noch viele freie Plätze gibt.

Fredo trägt seinen besten Feiertagsanzug, mit Weste
und Silberkette und Bowler-Hut, seltsamerweise aber
Stiefel mit Absatz dazu. Zwar keine plumpen Reitstie-
fel, sondern elegante, aus Krokodilleder gearbeitete, fast
feminin wirkende Stiefel. Aber eben Stiefel. Vielleicht,
um sich drei Zentimeter größer zu machen? Das hätte
er nicht nötig, er mißt fast eins achtzig, ist sportlich
gebaut. Sein Gesicht erinnert Francisca ein wenig an das
eines Frosches, was nicht bedeuten soll, daß sie ihn häßlich findet. Für ihr ästhetisches Empfinden passen die
wulstigen Lippen nicht so recht zu den hohen Wangen-
knochen und der recht spitz zulaufenden Nase. Seine
Haut ist von bräunlich-gelblichem Teint, von der Groß-
mutter her fließt Mestizenblut in seinen Adern.

Die beiden halten sich nicht lange mit Präliminarien
auf, ihre Umarmung ist formell und flüchtig.

Fredo kommt praktisch sofort auf den Punkt.

»Warum ist dieser Mörder noch bei euch im Haus?
Warum hast du ihn nicht fortgejagt? Dich in Sicherheit
gebracht?«

»Und was genau willst *du* hier?«

»Cousine, du hast mich eingeladen, ich soll mal wieder vorbeikommen, das stand in deinem Brief.«

Francisca überlegt kurz, wie sie darauf antworten will. Vielleicht nicht zu harsch, aber doch lieber ganz deutlich, damit es keine Mißverständnisse gibt.

»Fredo, du magst eine höfliche Floskel sehr ernst ausgelegt haben, aufgrund meiner Fahrlässigkeit, mag sein. Aber hier wirst du gerade nicht gebraucht. Wenn ich, bei allem Respekt, in aller Offenheit sprechen darf, störst du derzeit sogar. Fahr also beruhigt wieder heim, mach dir keine Sorgen und komm lieber ein andermal wieder. Dann sehr gerne.«

»Nun bin ich aber schon mal da. Und egal, was du sagst, ich bin besorgt um dich. Wie könnte ich da einfach heimfahren und dir den Rücken kehren, dich solcher Gefahr aussetzen?«

»Es gibt keine Gefahr. Sei nicht theatralisch. Und weniger aufdringlich bitte.«

Fredo lacht, eigentlich schnaubt er mehr. »Aufdringlich – ich? Das scheint mir ein eigenartiger und ungerechter Vorwurf, wo es ja so ist, daß du dich an *mich* gewandt hast!«

»Das stimmt. Tut mir leid.«

»Wo es ja so ist, daß ich deinem Vater Meldung machen müßte, dies aber tunlichst unterlassen habe, um mich nicht einzumischen.«

»Stimmt auch, und dafür bin ich dir dankbar.«

Der Kellner bringt die Getränke, das Gespräch verstummt für eine halbe Minute. Möwen kreischen in der Sonne. Auf der Straße sammeln sich die Menschen um den Eishändler, der mit einer Art Machete Stücke aus dem Block hackt.

Fredo beugt sich vor, berührt Francisca am Unterarm und verfällt in eine Art Flüsterton, eindringlich und beschwörend.

»Ich bin ja nicht blöd, Cis. Man kann eins und eins zusammenzählen. Du wirst deine Gründe haben, warum du tust, was du tust. Es werden die üblichen Gründe erregter junger Damen sein. Das geht mich nichts an. Aber irgendwie eben doch. Du treibst ein gefährliches Spiel, *ma chère cousine*, und wenn ich deinem sittenlosen und verabscheuungswürdigen Treiben stillschweigend zusehen oder es gar noch abnicken soll, verlange ich eine gewisse Beschwichtigung von dir, damit ich die Sache leichter mit meinem Gewissen abmachen kann.«

Erneut folgt eine halbe Minute Schweigen. Francisca kann nicht glauben, was sie hört. Und ist sich noch nicht restlos klar, was genau sie gerade gehört hat.

»Du willst – entschuldige, was bitte?«

»Stell dich nicht dumm. Einen Anteil.«

»Einen Anteil wovon?«

»Einen Anteil von der Zuneigung, die du dem Kriminellen offenbar entgegenbringst.«

»Du meinst –?«

»Nichts, was dich großen Aufwand kosten würde. Oder dir Umstände macht.«

»Du redest in Rätseln.«

»Schön, wenn es unbedingt sein muß, rede ich offen. Ich nehme an, daß du noch intakt bist, sofern du nicht komplett den Verstand verloren hast. Das soll bestimmt auch so bleiben. Ich bin ein Mann, verstehst du, ein Mann, der dich begehrt. Du könntest mich beschwichtigen, indem du deine Hand gebrauchst, um neue Erfahrungen zu machen, wobei ich indes bezweifle, ob das wirklich ganz neue Erfahrungen sein werden, oh, ich zweifle sehr stark.«

Francisca muß sich beherrschen, um nicht laut zu lachen oder zu kreischen.

»Du bist ja ein Scheusal! Ein Schwein, ein Perverser! Sobald ich meinem Vater davon berichte, läßt er dich foltern!«

Zum ersten Mal dreht sich ein anderer Gast im Café um, weil er meint, anrüchige Vokabeln vernommen zu haben. Fredo rückt näher heran.

»Kann sein. Er ist ein unbeherrschter Mensch. Bestimmt jedoch wird er sich zuvor auch meine Version der Geschichte anhören. Er würde einsehen müssen, daß seine Tochter hinter seinem Rücken wissentlich einen Kriminellen protegiert, ernährt und – das andere will ich gar nicht in den Mund nehmen. Man kann relativ sicher vorhersagen, auf wen sich der Zorn deines Vaters vorrangig richten wird. So, und jetzt halt den Mund! Sei still! Sag nichts. Halt einfach den Mund. Handle nicht mit heißem Herzen. Das bekommt so jungen Mädchen nicht. Denk in aller Ruhe nach, dann gib mir Antwort. Ich schlafe heute nacht im Hotel Plaza. Du kannst mich binnen fünf Minuten los sein. Andernfalls komme ich euch morgen früh offiziell besuchen und bleibe mindestens drei Tage.«

Francisca hat noch nicht einen Schluck von ihrem Milchkaffee getrunken, in den sie jetzt, um irgend etwas zu tun in ihrem Zorn, den dritten Würfel Zucker einrührt. Der Zufall will es, daß Fredo etwas verlangt, was sie just gestern beinahe zum ersten Mal getan hätte. Doch war sie noch nicht bereit dafür gewesen, Jorge an dieser Stelle seines Körpers zu berühren. Und nun sollte Fredo es sein, der ... Nein, das ist unmöglich. Undenkbar. Dennoch wird sie neugierig. Daß jemand aus der eigenen Familie, wenn auch nur ein Cousin zweiter Klasse mit Mestizenblut, derart verdorben und tollkühn sein kann, das ist, auf eine ganz spezielle Art, aufregend.

»Müßte ich mich vor dir ... entkleiden?«

»Nur oben. Hör zu, ich will dich nicht demütigen. Welchen Grund besäße ich dafür? Laß uns nicht so viele Worte drum machen. Ich will ein wenig Spaß haben. Du, du bist schön, dich haben die Götter gesegnet, so glorreich schön bist du. Lucia, meine Verlobte, die ich bald heiraten muß, wenn sie nicht noch rechtzeitig stirbt ...«

Fredo führt den Satz nicht zu Ende, will nicht ins Jammern verfallen, sondern von einer Position der Stärke aus abtreten. Also winkt er nur kurz, hebt grüßend zwei Finger an die Augenbraue, setzt den Hut auf und verläßt das Café.

XIII

Von hier an lassen sich die Geschehnisse zeitlich relativ genau einordnen, denn es bleibt wenig Spielraum.

Francisca weiß, in welcher Pension Jorge abgestiegen ist, er hat den Namen einmal beiläufig erwähnt. Sofort geht sie hin, auf gut Glück, trifft ihn auch an. Die Pensionsinhaberin, eine ältere Dame, besteht darauf, daß er keinen weiblichen Besuch in seinem Zimmer empfangen darf. Jorge muß mit seiner Besucherin auf die Straße hinaus, wo sie ihm eröffnet, daß er morgen seine Anstellung verlieren wird. Ein sehr böser Mann habe angekündigt, ihn auffliegen zu lassen. Der Schurke wisse Bescheid darüber, was Jorge in Montevideo getan habe, er versuche nun, sie auf schändlichste Weise zu erpressen, es sei ihr peinlich, darüber zu reden.

Jega hört mit offenem Mund zu, er muß sich kratzen, es juckt ihn am ganzen Körper. Francisca sagt, sie hätten noch einen halben Tag und eine ganze Nacht Zeit, um zu reagieren. Jorge müsse jetzt Stärke zeigen und das Nötige tun, um ihre Ehre zu verteidigen.

»Was bitte meinst du damit?«

»Derjenige, den ich meine, wohnt im Plaza Hotel. Geh hin und bring ihn um, er hat es verdient. Keiner wird dich so schnell mit ihm in Verbindung bringen. Tu es! Für mich! Für uns!«

»Ich bin doch kein Mörder! Was faselst du da?«

»Das ist kein Mord, das ist Notwehr, Jorge. Außerdem bist du doch so etwas wie ein Mörder. Auch wenn Senator Ortega wohl knapp überlebt hat.«

»Du spinnst, Francisca. Ich werde ganz sicher niemanden für dich umbringen. Ich hätte nicht einmal eine Waffe…«

»Du tätest es für uns, nicht für mich. Hier in diesem Viertel läßt sich alles leicht besorgen. Ich gebe dir das nötige Geld dafür.«

»Vergiß das! Ein für alle Mal. Was verlangt dieser Mensch von dir?«

»Er will mich entehren. Beschmutzen. Ich soll stillhalten und sein Schweigen erkaufen. Er möchte die Situation ausnutzen.«

»Herrgott! Das darf doch alles nicht wahr sein. Beruhige dich!«

Die beiden gehen ein Stück die Straße hinab. Jorge Jega erzählt, wenn auch zögerlich, was in Montevideo tatsächlich geschehen ist. Eine höchst unwahrscheinliche Geschichte. Die Frau des Senators habe ihm Avancen gemacht, er habe sie zurückgewiesen, sie habe ihn aus Rachsucht bei ihrem Gatten, dem Senator, angeschwärzt und viel Unwahres behauptet, woraufhin ihn Ortega zum Duell gefordert habe.

»Ich wollte nicht einfach flüchten und damit zugeben, daß ich schuldig bin, denn ich war unschuldig, leider auch ziemlich dumm, denn ich wollte ein Zeichen setzen und nahm die Duellpistole aus der Hand des Sekundanten. Bis dato hatte ich noch nie in meinem Leben eine Pistole in der Hand gehabt. Ich schoß in die Luft und warf die Waffe vor mich in den Sand, um wehrlos zu sein und das Duell auf diese Weise zu beenden. Doch Ortega, das Schwein, legt trotzdem auf mich an. Zielt in aller Seelenruhe. Was passiert? Die von mir abgefeuerte Kugel, und das mußt du mir jetzt glauben, auch wenn es wie ein Märchen klingt, kehrt aus dem Himmel zurück und durchschlägt die Schulter des Senators. Ich wußte sofort, daß mir das niemand von Rang und Verstand je abkaufen wird, also bin ich getürmt wie ein Hase, bin nachts über die Grenze gegangen. Das ist die Wahrheit, Francisca, ich kann keiner Fliege etwas zuleide tun. Oder, um genau zu sein, Fliegen schon, das ist nur so eine deutsche Redensart...«

Jorges Geschichte brachte Francisca zum Lachen. Doch lachte sie nur kurz, denn das Ganze klang so dermaßen ausgedacht, daß es wahr sein mochte. Sie seufzte laut und sah ihren Geliebten lange an. Der verlegen in die Wolken starrte, beinahe verschämt. Ein Hase mit hängenden Ohren. Karnickel klang besser. *Conejo.* So würde sie ihn fortan nennen. Mein süßer Conejo. Der Beschützer der Fliegen... Eine gewisse Tolpatschigkeit in praktischen Dingen an ihm hatte sie immer schon entzückend gefunden.

Für Francisca lagen die Dinge einigermaßen klar. Offensichtlich war Jorge Jega kein Mann im engeren Sinn. Sie hatte sich in einen feingeistigen Weichling verliebt. Fredo, der dreiste Mistkerl, drohte das Idyll dieser Liebe zu zerstören. Ohne am Ende dafür bestraft zu werden. Dergleichen konnte sie nicht hinnehmen, also mußte sie handeln. Ganz einfach und logisch.

Sie dachte nach. Ihre Liebe erfuhr eine erste Wandlung. In die Leidenschaft floß ein Teil Mitleid ein. Und eine erste, wenn auch noch winzige, Prise Verachtung. Da Jorge offenbar nicht bereit war, die Dinge in die Hand zu nehmen und für Ordnung zu sorgen, mußte für ihre Liebe ein neuer Hintergrund gefunden werden. In dieser Stadt gab es keinen neuen Hintergrund. Francisca mußte das Abenteuer forcieren.

»Man kann so lange darüber nachdenken, wie man will. Wenn wir ihn nicht töten können, bleibt uns nur die Flucht. Wir fliehen heute nacht.«

»Wohin? Das ist doch Unsinn. Wenn es so sein muß, dann haue ich allein ab, du kannst mich ja unterstützen, wenn du willst, ich zahl es dir später zurück.«

»Ha! Ich geb dir bestimmt kein Geld, Conejo. Ha! Schau nicht so! War nur Spaß. Nein, im Ernst: Wir fliehen *zusammen*. Hör zu! Hör mir gut zu. Wir werden weit weggehen, werden Arbeit finden, heiraten, Zeit wird vergehen, wir werden meinem Vater schreiben, daß es uns gutgeht, wir werden ein Auskommen haben, vielleicht bekomme ich ein Kind, noch mehr Zeit wird vergehen, der Zorn meines Vaters wird verrauchen, spätestens wenn wir ihm ein Bild unsres Niño schicken, du wirst sehen, Papá wird uns verzeihen, was soll er sonst auch machen, du bist weiß und gesund und gebildet, und daß du arm bist, mein Gott, darüber kann man hinwegsehen. Es könnte schlimmer sein, und am Ende wird alles gut sein, oder doch das meiste, vertrau mir. Doch egal, was wir tun, wir müssen es noch *heute nacht* tun. Unbedingt noch heute nacht. Hörst du mir zu?«

Jorge hörte ihr zu, wie hypnotisiert. Alles, was die kindliche Seherin sagte, flüsterte, ja herunterbetete, klang für den Moment plausibel und einleuchtend.

Klang möglich. Beinahe wahrscheinlich. Also – irgendwie denkbar.

Ja. Warum nicht? Ja. Ja, ja, ja. Er sagte: »Ja. Laß uns das tun.« Dann küßte er sie, auf offener Straße. Und die Liebe in seinem Kopf wurde zu einem Fest, einem Rausch, einem schnellen rhythmischen Trommelschlag, der alles unterlegte. Er hatte nie in seinem Leben solche Lust gehabt zu tanzen.

Es war nunmehr beschlossen, sie würden sich morgen früh um fünf Uhr treffen, am Zentralbahnhof. Und würden nichts zurücklassen, außer ihrer Furcht.

XIV

Alfredo Torres wartete bis zwei Uhr morgens in seinem Hotelzimmer, dann trank er unten an der Bar einen Whiskey und ging zu Bett. Bis zuletzt hatte er gehofft, daß Cis auftauchen würde, um die lästige kleine Sache schnell hinter sich zu bringen. Konnte es wahr sein, daß eine Frau wegen so einer Lappalie das Wohl ihres Geliebten riskierte?

Und nun? Nun würde er morgen bei Don Alameda vorsprechen. Nein, er würde Jega nicht verpfeifen, das war Denunziantentum, und Fredo Torres hielt sich für keinen schlechten Menschen. Die Situation konnte amüsant werden. Und wer weiß, vielleicht entschied sich Cis ja noch um, sobald er erst im Haus war. Man muß nicht jede Information, die man besitzt, sofort preisgeben. Es ist, dachte er, wie bei Aktien, man muß den günstigsten Zeitpunkt abwarten, um sie zu verkaufen. Er freute sich auf den kommenden Tag, war begierig, diesen Jega kennenzulernen, diesen Teufelskerl, der sich mit einem Senator angelegt, ihm Hörner aufgesetzt und schwer verwundet hatte.

Fredo schlief ein und schlummerte etwa zwei Stunden, als gegen die Tür gepocht wurde. Er weigerte sich erst, das Pochen anders einzuordnen denn als penetranten Traum. Dann schoß er hoch, sprang aus dem Bett – das da draußen konnte ja Cis sein, sie hatte es sich vielleicht überlegt, wenn auch spät, na gut, besser spät als nie, das ist mit dem Verkauf von fallenden Aktien ganz ähnlich.

Draußen stand ein verschüchterter Hotelpage in Uniform.

»Entschuldigen Sie vielmals, Señor, ich würde es normalerweise nicht wagen, um diese Uhrzeit – aber eine junge Dame hat mich gebeten, Ihnen das hier auszuhändigen, und zwar sofort, denn es sei wichtig.«

Der Page hielt ihm etwas hin, es war ein brauner Umschlag aus Pappe, wie für ein kleines Buch, drum herum eine gelbe Schleife.

Fredo bedankte sich bei dem Pagen, gab ihm ein paar Centavos und trat in sein Zimmer zurück. Nach kurzer Überlegung öffnete er den Umschlag und entnahm ihm einen Handschuh, einen schwarzen samtenen Frauenhandschuh mit viel Spitze am Gelenk. Er war ein wenig feucht, er roch ein wenig nach – *puh*. Anbei lag ein kleiner bleistiftbeschriebener Zettel.

Lieber Cousin, das ist alles, was ich Dir anbieten kann. Es ist, wie Du zugeben mußt, besser als nichts, und wie Du als Kind immer gesagt hast: Was man hat, das hat man. Viel Freude noch in Deinem schäbigen Leben, es winkt: Cis.

XV

Don Alameda beriet sich mit seinem langjährigen Anwalt. Welches Verbrechen genau vorlag, wenn eine erwachsene Person mit einer Minderjährigen durchbrannte, auch wenn es, wie es den Anschein hatte, einvernehmlich gewesen sein sollte. Es gab keine Anzeichen eines Kampfes, und einige der Dienstboten berichteten – leider erst jetzt und im strengen Verhör – von ominösen Treffen der beiden in der Speisekammer. Wie sah es nun mit seiner Reputation aus, wollte der Don wissen, mußte er den Spott der Straße befürchten?

In dieser Hinsicht konnte José Agostini, ein Halbitaliener, ihn beruhigen. Nein, das sei ganz klar eine Sache der Leidenschaft, vielleicht sogar der Liebe. Junge Leute brennen durch, da können Väter nichts dafür, das gehöre ins Repertoire der bedauerlichen Geschichten. Was das Juristische betreffe: Francisca sei zwar minderjährig, aber bereits heiratsfähig, und wenn die beiden einen Priester fänden, der bereit war, sie zu trauen, dann gebe es kaum eine gesetzliche Handhabe, dem jungen Mann beizukommen, dann stehe der Don – leider – vor vollendeten Tatsachen. Es sei denn, man würde die Angelegenheit außergerichtlich regeln, auf irgendeine Art und Weise. Welche Arten und Weisen hierfür in Frage kamen, ließ Agostini wohlweislich offen; er war vom Don ein recht breites Spektrum gewohnt.

Die beiden Flüchtigen mußten auf jeden Fall schnell gefunden werden, sonst sah es düster aus. Agostini riet von einer landesweiten Fahndung durch die Polizei dringend ab. Wenn dieser Klavierlehrer kein Idiot war, hatte er sich mit Francisca ins Ausland abgesetzt, dann liefen alle behördlichen Maßnahmen ohnehin ins Leere. Man müsse darauf hoffen, daß Francisca alsbald wieder zu Verstand komme und von sich aus zurückkehre. Agostini wollte wissen, wie es um die Geldmittel des Mädchens bestellt war. Der Don zuckte mit den Schultern.

»Was weiß ich? Sie ist siebzehn. Sie kann noch kein Konto haben oder so etwas. Ich weiß nicht, wieviel Geld sie bei sich trug. Bestimmt hat sie ein bißchen was gespart, bestimmt hat sie ihren Schmuck mitgenommen.«

»Was für Schmuck war das?«

»Ich weiß es nicht, keine Ahnung.«

Agostini riet dazu, eine Detektei zu beauftragen, die bei einer solchen Angelegenheit viel effektiver sein könne als jeder Beamte. So geschah es, und die Detektive der Agentur *Claridad* nahmen noch am selben Tag, dem vierten Februar, ihre Arbeit auf.

Zuerst benötigte man eine Fotografie von Francisca, aber im Haus fand sich nur jene, die sie als Zehnjährige bei der Kommunion zeigte. Don Alameda betrank sich schon am Nachmittag, dann ging er zu seinem Neffen Alfredo, der gestern überraschend aufgetaucht war und sich in einem der Gästezimmer einquartiert hatte, ausgerechnet an jenem Morgen, als die Flucht Franciscas entdeckt worden war. Sie hatte auf ihrem Bett drei Zeilen hinterlassen.

*Lieber Papá, liebe Mamá, seid mir nicht böse. Die
Umstände zwingen mich, fortzugehen. Wir kommen
eines Tages zurück, macht Euch keine Sorgen bitte.
Francisca*

Ohne dieses ›Wir‹ im letzten Satz wäre überhaupt nicht
klar gewesen, daß seine Tochter in Begleitung reiste.

Nach dem Verhör der Dienstboten erwuchs in Vincente Alameda enormer Zorn, weil unter dem eigenen
Dach so viel Obszönes stattgefunden haben mußte, hinter seinem Rücken. Und niemand anderes als er selbst
hatte diesem verdammten Ausländer eine Anstellung
verschafft. Hatte den Bock zum Gärtner gemacht. Das
konnte er sich nicht verzeihen. Er bat Fredo, wieder
abzureisen, die momentanen Umstände seien nicht
geeignet für einen Besuch. Fredo indes begehrte, einge-
weiht zu werden, und in angetrunkenem Zustand offenbarte Alameda ihm die Hintergründe seiner Traurigkeit.
Mit überraschendem Ergebnis. Fredo besaß, warum
auch immer, eine recht aktuelle Fotografie von Francisca, die er in seiner Brusttasche bei sich trug. Keine
zwei Stunden später waren im nahen Atelier Dutzende
Kopien hergestellt, man übergab sie den Detektiven, die
sich noch am selben Tag im Hafen und an den Bahnhö-
fen nach dem Fräulein erkundigten. Einer der Ticket-
verkäufer konnte sich dunkel an Francisca erinnern
und daran, ihr etwas verkauft zu haben, ihm wollte aber
nicht mehr einfallen, was genau. Und getäuscht haben
konnte er sich auch. So wie die auf dem Foto sehe hier
ja jedes zweite Mädchen aus.

Die Detektive trudelten am Abend nach und nach ein, um Bericht zu erstatten, nicht im Palais, sondern in Alamedas abgeschiedenem Büro über der Maiskonservenfabrik. Angelegenheiten, bei denen es zu garstigen Wendungen kommen konnte, wollte der Don nicht in der Nähe seiner Gattin besprechen. Die Detektive drucksten herum und bauschten ihre Berichte auf. Alameda hörte sich mißmutig an, wieviel geleistet, aber wie wenig am Ende erreicht worden war. Fredo saß an seiner Seite und flüsterte ihm ins Ohr.

»Dieser Billettverkäufer sagt, er könne sich nicht erinnern? Das bedeutet, er will Geld für eine Antwort.«

»Ach so?«

»Selbstverständlich. Diese Detektive sind Amateure. Überlaß die Sache bitte mir, lieber Onkel.«

Vincente Alameda war bereit, zu jedem Strohhalm zu greifen. Und sein Neffe zweiten Grades Fredo, obwohl athletisch gebaut, war für ihn nie viel mehr als ein menschlicher Strohhalm gewesen, von seinem Intellekt her gerade gut genug, um ein nicht allzu bedeutendes Auslandskontor zu leiten. Jetzt gab er ihm Geld und den Auftrag, zwei Wochen lang für ihn zu arbeiten. Fredo umarmte seinen Onkel.

Die Detektive hatten sich in ihren Feierabend verabschiedet. Fredo hingegen wurde sofort tätig und in ziemlich beeindruckender Art. Don Alameda fragte sich bald, ob er diesen Verwandten mit dem verdreckten Blut unterschätzt hatte. Tatsächlich erinnerte sich der Billettverkäufer, nach einer Zuwendung von 20 Pesos, der schönen jungen Frau zwei Fahrscheine dritter Klasse nach Santa Fe verkauft zu haben.

Fredo stutzte. *Santa Fe?* Was wollten die beiden ausgerechnet dort? Immerhin – in dieser reiz- und bedeutungslosen Stadt fern vom Meer wären sie wohl nie vermutet worden. Von daher ergab das durchaus Sinn.

Am nächsten Morgen wurden die Detektive über die neue Information in Kenntnis gesetzt, und sie setzten sich, vier Mann hoch, in den Zug nach Santa Fe, schon allein, weil ihnen nichts Besseres einfiel, um ihr Honorar zu rechtfertigen.

Don Alameda ließ allen Bediensteten im Haus ausrichten, sie sollten Stillschweigen bewahren, die Angelegenheit sei intern und tabu. Wer darüber plaudere, verlöre seinen Arbeitsplatz und werde, zumindest in dieser Stadt, keinen neuen finden.

Für die Welt außerhalb des Stadtpalais befand sich Francisca wegen eines rätselhaften Fiebers zur Behandlung in einem nicht näher genannten Hospital am anderen Ende der Stadt. Ihr Zustand sei aber nicht besorgniserregend, von Besuchen bitte man abzusehen, die Kranke benötige Ruhe, viel Ruhe und Entspannung.

XVI

Cis und Jorge standen, sie mit einem mittelgroßen Bam-
buskoffer, er nur mit einem Baumwollsack, morgens
um fünf am Zentralbahnhof von Buenos Aires. Es war
bereits hell, die Gefahr bestand, daß sie beobachtet, gar
erkannt wurden. Sie hatten sich Reiseproviant für eine
lange Fahrt besorgt, aber noch keine konkreten Details
besprochen.

»Wo gehen wir hin, Francisca?«

»Dorthin, wo ich immer schon mal hinwollte. Erst
Mar del Plata, dann Rio.«

»Hätt ich mir denken können. Meine Frage war eher
metaphorisch gemeint.«

»Was immer du damit meinst. Ich habe 300 Pesos
an Bargeld zusammengekratzt. Aber erst einmal kaufen
wir Billetts nach Santa Fe.«

»Wohin?«

»Vertrau mir!«

Später, im Zug, erklärte sie ihrem geliebten Karnickel,
warum sie jetzt nicht im Expreß nach Mar del Plata
saßen, sondern in einem uralten Bummelzug nach
Santa Fe, einer Kleinstadt mit nur sechzehntausend Einwohnern. Egal, wer ihnen am Schalter das Billett verkaufte und es am Gatter abknipste, es würde ein Mann
sein, und er würde sich an Francisca erinnern. Weil die

Menschen, im speziellen die Männer, sich eben gern an schöne junge Frauen erinnern und weil ihr Vater ganz bestimmt Detektive engagieren würde, um das Ziel ihrer Reise zu erfahren. Deswegen war der kleine Umweg nötig.

Jorge pfiff anerkennend und nannte sie sehr schlau, was Francisca ausnehmend genoß, denn es deckte sich mit der Einschätzung ihrer selbst.

In Santa Fe kamen die beiden natürlich nie an, schon an der nächsten Haltestelle stiegen sie wieder aus, wechselten Zug und Richtung und fuhren die gut vierhundert Kilometer nach Mar del Plata, dem beliebtesten Bade- und Vergnügungsort Argentiniens.

ZWEITER TEIL

MAR DEL PLATA

I

Während der Zugfahrt saßen sie einander gegenüber, und wann immer niemand hinsah, küßten sie sich, blitzschnell, und wenn nichts anderes ging, drückten sie die Sohlen ihrer Schuhe gegeneinander, wie kleine Kinder. Es war eine Qual, über die Zukunft nicht reden zu dürfen, das Abteil besaß Ohren. Cis trug ihr Lieblingskleid, das hellblaue mit den zitronengelben Längsstreifen, man muß allerdings sagen, daß ihr Kleiderschrank noch Auffälligeres bereitgehalten hätte.

Bereits am frühen Nachmittag kamen die beiden an und suchten ein freies Hotelzimmer, hatten nicht damit gerechnet, daß dies zum Problem werden könnte. Sie klapperten ein Haus nach dem anderen ab, ohne Erfolg. Mitten in der Urlaubssaison platzte Mar del Plata aus allen Nähten. Erschwerend kam hinzu, daß sie zwei freie Zimmer gebraucht hätten. Um gemeinsam in einem zu übernachten, mußten sie verheiratet oder Bruder und Schwester sein. Für Reisen innerhalb des riesigen Gebietes Argentiniens war kein Ausweis nötig, das wurde sehr liberal gehandhabt. Auf einem Meldezettel falsche Angaben zu machen war jedoch ein Vergehen, für das Zuchthaus verhängt werden konnte. Die Bruder/

Schwester-Version kam nicht in Frage, da Jorge einen zu deutlich deutschen Akzent im Mund führte. Wenn sie sich als Vermählte ausgaben, hätten sie zumindest zwei gleiche, wenigstens ähnliche, Ringe tragen müssen. Auch dann konnte es vorkommen, selbst bei Vorauszahlung, daß nach den Papieren und dem Trauschein gefragt wurde, besonders, wenn es um ein noch junges Mädchen ging.

Es war brennend heiß, Francisca war Reisen und Schwitzen nicht gewohnt, sie kam sich klebrig und verschmutzt vor, und nach drei Stunden erfolglosen Suchens saß sie auf dem Gehsteig und brach in Tränen aus. Jorge hob sie auf, trug sie in den Schatten eines Baumes, bekam Angst, sie könne einen Hitzschlag erleiden. Cis hatte keine Haube dabei oder sonst irgendeine Kopfbedekkung. Man hätte eine kaufen können, überall gab es hier Stände, die nützliche Dinge für vergeßliche Touristen anboten, zu surrealen Preisen. Jorge schlug vor, in einen Park zu gehen und im Gras den Nachmittag zu verdösen. Abends konnten sie an den Strand gehen, wie es viele Verliebte taten. Es würde warm genug sein, um dort die Nacht zu verbringen. Morgen dann würden sie mit frischen Kräften wieder auf die Suche gehen. Cis war von der Idee nicht eben begeistert.

»Im Sand? Das ist nicht dein Ernst. Wir haben nicht mal so was wie eine Decke dabei. Außerdem werden wir dort ganz schnell aufgegriffen, mein Schatz. Oder beklaut. Oder beides.«

Jorge gab ihr recht und schlug ritterlich vor, daß sie den Abendzug zurück nach Buenos Aires nehmen solle.

Noch sei im Grunde nichts passiert, ihr Vater würde ihr sicher vergeben, er selbst würde in diesem Fall hierbleiben und –

»Nein, Karnickel! Ich verlaß dich nicht. Halt die Klappe. Laß mich nachdenken.«

II

Die Detektive der Agentur Claridad hatten in Santa Fe
das Unterste zuoberst gekehrt, hatten der halben Stadt
unter den Rock geguckt, aber keine Spur von den Flüchtigen gefunden. Ganz sicher waren die beiden in keinem
offiziellen Hotel abgestiegen. Der Ort war ein Dreckloch.
Hier gab es nichts von Bedeutung außer einer Makka-
ronifabrik, einem Jesuitenkolleg und häufigen Über-
schwemmungen durch den Río Salado. Im Sommer
wurde man von Insekten halb aufgefressen. Prompt
verlangten die Detektive eine Zulage. Sie kosteten jetzt
schon ein Vermögen, ohne von irgendwelchem Nutzen
zu sein. Fredo besuchte noch einmal den Billettverkäufer, der ihm den Tip gegeben hatte. Er ging den schon
älteren Mann hart an, weil er Alameda hinter sich wußte
und sich so einiges mehr herausnehmen konnte.

»Hat Francisca Sie etwa geschmiert, damit Sie uns
auf die falsche Fährte locken?«

»Ich bin ein Beamter, mein Herr, ich verbitte mir
das.«

»Dann schwören Sie auf die Bibel, daß es wahr ist,
was Sie mir sagten.«

»Ich schwöre jederzeit. Die Frau auf dem Foto kaufte
zwei Billetts dritter Klasse nach Santa Fe.«

Fredo zuckte zusammen. Warum war ihm das Detail
nicht aufgefallen?

» *Dritter Klasse*, sagen Sie?«

Jetzt war ihm die Sache klar. Francisca würde sich wohl herablassen und zweiter Klasse fahren, um Geld zu sparen, aber niemals dritter Klasse, dafür war sie zu anspruchsvoll. Wenn sie demnach Billetts für die dritte Klasse gekauft hatte, dann nur, weil sie alsbald aussteigen und einen anderen Zug nehmen wollte. Logischerweise in eine ganz andere Richtung, also nicht nach Santa Fe, sondern nach Osten oder Süden. Daß Jorge Jega das Risiko eingehen würde, uruguayisches Staatsgebiet zu betreten, erschien Fredo sehr unwahrscheinlich. Die Sache sah so aus: Wenn sie ins Ausland wollten, waren sie weg, Punkt. Vielleicht aber wollten die beiden nicht *sofort* ins Ausland? Dann blieben gar nicht so viele Möglichkeiten, die für ein junges Liebespaar attraktiv gewesen wären.

Bestimmt hielten sie sich nicht mehr in Buenos Aires auf. Hier, obschon die Stadt sehr groß war, würden sie keine vierundzwanzig Stunden unentdeckt bleiben. Für ein junges Mädchen, das sich amüsieren wollte, war Mar del Plata das logischste Ziel. Fredo überlegte einen Moment, dann ließ er nach Santa Fe telegrafieren und entsandte die vier Detektive, auf eigene Faust und Verantwortung, in den beliebten Badeort, der jetzt, in der Hochsaison, von Sommerfrischlern geradezu überquellen mußte. Wenn Cis und Jega sich dort aufhalten sollten, gab es eine kleine Chance, sie abzufangen.

III

Am Abend sank die Temperatur auf milde sechsund-
zwanzig Grad. Cis und Jorge hatten den Rest des Nachmittags, ausgestattet mit einer Gallone Wasser, in einer
kühlen Kirche verbracht, wo sie auf einer Bank anein-
andergelehnt saßen und über ihre Zukunft nachdach-
ten, mehr noch über ihre Gegenwart, die sich etwas
anders entwickelt hatte, als zuvor ausgemalt. Die Kirche würde bald geschlossen werden, dann stünden
sie wieder auf der Straße. Eben war der Küster damit
beschäftigt, die Votivkerzen im Gotteshaus zu löschen,
selbst jene, die tagsüber von Gläubigen entzündet worden waren.

Cis stand auf und sprach den Küster an, einen hin-
kenden mittelalten Mann mit einer blau-braunen Warze
auf der Nase.

»Verzeihen Sie mir. Wir sind Reisende und haben
kein Quartier für die Nacht gefunden. Können Sie uns
helfen bitte?«

Der Küster musterte das Mädchen eindringlich. Er
sagte nicht auf Anhieb nein, mußte erst überlegen.

»Es geht leider nicht. Tut mir leid, doch hier können
Sie nicht bleiben, und meine eigenen Wohnverhältnisse
sind allzu beengt.«

»Wir würden bezahlen. Zehn Pesos pro Bett.«

»Woher soll ich freie Betten haben? Ihr könntet allenfalls auf Strohmatten im Pfarrheim wohnen, aber ohne Erlaubnis des Pastors geht das nicht.«

»Dann fragen Sie ihn bitte.«

Der Küster schüttelte den Kopf. »Er würde sich sehr bedanken, wenn ich ihm mit solchen Anfragen komme. Ihr beiden seid jung. Und seid unverletzt und, soweit ich sehen kann, weder schwanger noch am Verhungern. Ihr wart einfach nur so töricht, kein Zimmer zu buchen. Jetzt verschwindet!«

»Wie reden Sie mit mir? Ich bin die Tochter von Don Alameda!«

»Wer soll das sein? Los, raus hier!« Der Küster wurde übergangslos grob, doch Jorge verkniff sich, seiner Geliebten beizuspringen. Viel eher hätte er ihr Vorwürfe machen wollen, weil sie hier, ohne jeden Nutzen und Not, herumposaunte, wie sie hieß. Auch das verkniff er sich. Zorn schaltet den Verstand aus, das ist nun mal so. Vielleicht würde er morgen, wenn es sich ergab, beiläufig erwähnen, daß es klüger sein könne, den eigenen Namen möglichst sparsam im Munde zu führen, wenn man auf der Flucht ist. Nein, das Wort ›klüger‹ würde er nicht verwenden, das konnte überheblich wirken. ›Empfehlenswert‹ ginge. Vielleicht.

Als hinter ihnen das Kirchenportal zufiel, fragte Cis prompt, weshalb er dem Küster nicht die Meinung gegeigt habe. Ihre Stimme klang bissig, Jorge zuckte mit den Schultern, um einen Streit zu vermeiden. In diesem Moment trat eine sonderbare Gestalt an sie heran, wie aus dem Nichts, ein Mulatte oder Kreole, nicht viel älter als zwanzig. Obwohl von dunkler Hautfarbe, trug er einen schick geschnittenen Anzug aus weißem Leinen und einen Hut mit roter Feder, ähnlich dem italienischer Gebirgssoldaten.

»Guten Abend. Kann man euch helfen?«

Cis staunte ihn an und fragte zurück, weshalb er glaube, daß sie Hilfe benötigten.

»Nun, ich besitze Verstand und zwei Augen. Ihr steht auf der Straße, mit Gepäck, und hinter euch fiel eben eine Kirchentür mit Wucht ins Schloß. Bitte um Verzeihung, wenn meine Frage als Einmischung empfunden wird. Also setze ich an dieser Stelle meinen Spaziergang einfach fort und wünsche euch viel Gutes auf den Weg.«

»Moment!« rief nun Jorge, denn Cis konnte sich offenbar partout nicht entschließen, vom hohen Roß herabzusteigen.

»Sie könnten uns behilflich sein, in der Tat, wir suchen eine Unterkunft für die Nacht. Wir würden selbstverständlich dafür bezahlen.«

Der Mulatte, es war, bei näherer Betrachtung, ein Mulatte, kein Kreole, blieb stehen, drehte sich um und reichte ihm seine Hand, die Jorge, ohne zu zögern, ergriff. Francisca trat einen Schritt zurück, sie wollte das Halbblut lieber nicht ohne guten Grund berühren. Was durchaus üblich war und im Einklang mit den sittlichen Regeln der Gesellschaft. Dennoch ärgerte sich Jorge ein wenig über die Arroganz seiner Geliebten. Der Mann bot ihnen schließlich Hilfe an, verhielt sich freundlich und wohlerzogen und schien bereit, über Franciscas Rassedünkel souverän hinwegzusehen.

»Zufällig wüßte ich eine Möglichkeit, wo ihr beide, wenigstens für heute, nächtigen könntet. Es wäre ein Zimmer mit einem breiten Bett, kostet normalerweise zehn Pesos, ich könnte erreichen, daß ihr es für acht bekommt. Interessiert?«

Jorge sagte prompt ja, und während ihm bewußt wurde, daß er viel zu schnell ja gesagt hatte, wartete er auf Franciscas Reaktion. Sie nickte nach einigen Sekunden, obschon ihr offensichtlich mulmig dabei war, sich einem herausgeputzten Gecken anzuvertrauen, zumal er ihr so unverschämt direkt in die Augen sah, als wäre er ihr gleichgestellt und dürfe das. Das Bedürfnis, dringend ein Bad zu benutzen, sich von Staub und Schweiß zu säubern, hatte schließlich obsiegt.

»Dann folgt mir bitte. Mein Name lautet Frederick. Mein Vater war Engländer, meine Mutter Senegalesin. Die beiden, wie verschieden sie immer waren, liebten sich ein Leben lang, ich bin die Frucht ihrer Leiber und stolz darauf.«

Jorge gratulierte höflich, wenngleich ihm nicht ganz klar war, wozu genau. Frederick ging voran. Sie befanden sich in einem häßlichen Neubauviertel am Rande der Stadt, die zu jener Zeit zu fast neunzig Prozent aus Neubauvierteln bestand. Ein Würfel aus Stahlbeton mit Flachdach stand neben dem anderen, und jede Straße glich der nächsten zum Verwechseln. Es war funktionaler, erschwinglicher Wohnraum für die Einheimischen, die aus dem Zentrum verdrängt worden waren, es gab hier aber auch Künstlerkolonien, denn außerhalb der Saison war die Stadt recht preiswert.

Nach etwa zwanzig Minuten, in denen wenig gesprochen wurde, betrat Frederick ein dreistöckiges, weißgekalktes Haus durch einen Hintereingang im Souterrain.

Lärm und Gläserklirren waren von oben zu hören, ange-
trunkene Männer sangen ein obszönes Lied. Frederick
sperrte eine unlackierte Tür auf und hieß das Paar eintreten. Vor ihnen lag ein auf den ersten Blick einigermaßen sauberes Zimmer, mit einem großen Matrimonial-
bett und einer Waschgelegenheit. Seife und zwei große
Kannen Wasser standen bereit. Strom gab es nicht.

Jorge bedankte sich bei dem Mulatten, gab ihm einen
Zehn-Peso-Schein, und wo er sich eben noch in der
Hölle wähnte, fand er sich im Himmel wieder. Er würde
mit Francisca ein Bett teilen, es würde ihre erste gemeinsame Nacht sein. Schade nur, daß es kein Fenster gab,
um frische Luft hereinzulassen. Irgendwo schrie eine
Frau, kurz und grell, es folgte johlendes Gelächter aus
etwa einem Dutzend Kehlen.

»Das hier ist eine Falle«, sagte Cis mit vor der Brust
verschränkten Armen.

»Wie meinst du das?«

»Das hier ist ein Bordell. Ich hab doch recht?«

»Es hört sich so an. Und?«

»Und?« Cis schüttelte empört den von einem Dutt
gekrönten Kopf und schlug sich vor die Stirn.

»Man gibt uns ein freies Zimmer im Bordell – für
acht Pesos. Das glaubst du wirklich? Ich nicht.«

»Was glaubst denn du?«

»Morgen früh wachen wir auf, und unser Gepäck ist
gestohlen. Oder nur ich wache auf, denn du bist weg,
vielmehr tot, und mich behält man hier, um das weibliche Personal aufzustocken.«

Jorge mußte lachen. »Ach, komm, jetzt geht deine
Fantasie mit dir durch.«

»Nennst du mich etwa hysterisch?«

»Nein, nein ... Aber ... Nun ... das Zimmer ist bezahlt.«

»Schau dich doch mal um! Es gibt nicht mal ein Fenster, durch das wir abhauen könnten. Und im Türschloß, soweit ich sehe, steckt kein Schlüssel. Jedenfalls nicht von innen. Vielleicht aber bald von außen, dann sitzen wir hier fest. Und wenn wir schlafen, kommen die Mörder. Und wir haben nicht mal eine Waffe!«

Jorge seufzte tief. Diese Nacht, die er sich eben noch als erholsam, gar romantisch ausgemalt hatte, schien bereits zerredet.

»Was sollen wir also deiner Meinung nach tun?«

»Meiner Meinung nach? Hast du keine eigene?«

»Bald. Sie bildet sich gerade noch heran.«

»Muß ich alles alleine entscheiden? Willst du die Verantwortung auf mich abwälzen?«

Jorge seufzte noch einmal. Cis ging ihm auf die Nerven, aber was, wenn sie am Ende recht behielt? Etwas seltsam war das hier ja doch. Vermutlich übertrieb sie. Denkbar schien, daß man am Morgen noch etwas Geld aus ihnen herausquetschen wollte, weil das Wasser nicht im Preis inbegriffen war. Das konnte passieren.

Wieder hörte man aus einem oberen Stockwerk den spitzen Schrei einer offenbar glücklichen Frau. Dann begann ein Klavier zu spielen, mal Ragtime, mal Polka. Da oben hatten Menschen Spaß. Jorge machte einen Vorschlag.

»Wir schieben den Schrank vor die Tür. Wir schlafen ein paar Stunden, dann hauen wir vor Morgengrauen ab und gehen an den Strand. Mit etwas Glück kommt um diese Zeit keine Streife vorbei.«

»Einverstanden.«

»Dann schlafen wir jetzt?«

»Genau. Wir schlafen. Und sonst nichts, merk dir das! Nicht hier, nicht in diesem Puff!«

Cis hängte eine der blechernen Wasserkannen in die Halterung und stellte die Kerze darunter. Als das Wasser warm genug war, wusch sie sich ausgiebig und löschte die Kerze mit zwei Fingerspitzen. Zum Schlafen behielt sie ihre Unterwäsche an, wie es auch Jorge tat, der seine Geliebte nicht brüskieren wollte. Weil beide die Nacht zuvor kein Auge zugetan hatten, schliefen sie sofort ein.

Die vier Männer der Detektei Claridad kamen nach Mitternacht mit dem Expreß in Mar del Plata an und fanden sofort zwei freie Doppelzimmer im luxuriösen *Atlantic Boulevard Hotel*. Es gab einen neuartigen 24-Stunden-Service am Bahnhof, eine geniale Sache, eine Art Auskunftsbüro, mit über fünfundfünfzig angeschlossenen Hotels und Pensionen der Stadt in einer täglich mehrmals aktualisierten Kartei. Wann immer irgendwo ein Zimmer – auch bei privaten Vermietern – frei wurde, konnte man es dort melden. Der Dienst kassierte eine kleine Gebühr von dem Hotel sowie eine kleine Gebühr von dem, der den Dienst in Anspruch nahm. Wer diesen Service erfunden und eingerichtet hatte, war ohne viel Arbeit schnell reich geworden. Ein Beweis dafür, daß es nur einer guten Idee bedarf und man sonst fast nichts besitzen muß, um in der Welt zu reüssieren. Im übrigen war das Prinzip aus Europa geklaut. Man muß die Idee nicht einmal selbst gehabt haben.

IV

Cis und Jorge schliefen beinahe elf Stunden und wurden um acht Uhr morgens wach, weil an ihre Tür geklopft wurde. Es war stockdunkel im Zimmer, und Jorge fand die Streichhölzer nicht.

»Alles gut mit euch? Warum geht die Tür nicht auf? Ich bringe Kaffee.«

Kurz entschlossen und ohne daß Francisca Einspruch erheben konnte, sprang Jorge aus dem Bett, schob den Schrank beiseite und öffnete. Tageslicht drang herein. Vor der Tür stand Frederick mit einem Tablett, darauf eine Kanne Kaffee und zwei Holzbecher.

»Habt ihr etwa den Schrank vor die Tür geschoben? Dachtet ihr, man würde euch den Hals aufschlitzen?« Frederick lachte und stellte das Tablett ab. »Leider könnt ihr nicht bleiben. Das Zimmer ist für heute bereits vergeben. Aber lauft doch mal zum Bahnhof, da sitzt so ein Kerl mit einer Kartei, der gibt euch gegen ein paar Centavos Auskunft, ob und wo etwas frei ist. Und es ist immer wieder mal was frei. Milch? Zucker?«

»Es war sehr laut heute nacht«, beschwerte sich Francisca, die das Laken bis zum Hals zog, um dem Mulatten keinen Blick auf ihr Negligé zu gönnen.

»Ja, diese Künstler kennen keine Pause. Feiern jeden Tag, als wäre er der letzte. Vernünftige Einstellung. Mich stört es nicht, ich wohne gegenüber.«

»Sie meinen, hier, das hier – ist gar kein Bordell?«
Frederick tat sehr erstaunt. »Nein. Habt ihr das ge-
glaubt? Natürlich kann man Zimmer auch stunden-
weise mieten, das ist hier überall so, es ist einer der
Gründe, warum junge Leute Mar del Plata reizvoll finden. Alles hier ist ein bißchen weniger streng als anderswo. Wenn ihr etwas braucht, sagt Bescheid. Ich
kann das meiste besorgen, und was ich nicht besorgen
kann, das existiert meist nicht. Der Kaffee ist umsonst.
Ihr habt noch zwei Stunden Zeit. Ich bringe frisches
Wasser, damit ihr euch waschen könnt. Was habt ihr
für Pläne?«

Jorge setzte an: »Wir wollen –«

Doch Cis fiel ihm ins Wort.

»Wir wollen erst einmal überlegen.«

Nach dem Frühstück aus Kaffee und gebutterten Crois-
sants befolgten die beiden Fredericks Rat, gingen zum
Bahnhof und erkundigten sich nach freien Zimmern.
Sie mußten Wartenummern ziehen, vor ihnen stand
ein halbes Dutzend anderer Obdachloser. Im Bahnhofs-
café gönnten sie sich Limonade mit Minze und zerstoßenem Eis. Ein junger Mann, der an einem aufklappba-
ren Schreibtisch mitten in der Halle saß und alle paar
Minuten von Hotelpagen Zettel zugesteckt bekam, sah
die beiden an und reagierte verblüfft. Er überlegte kurz,
winkte dann, obwohl sie noch nicht an der Reihe war,
Francisca zu sich.

Der junge Mann hinter dem Schreibtisch war sehr
schlank, seine Schultern wirkten spitz, beinahe unheim-
lich, er hatte äußerst helle Haut, doch pechschwarzes

Haar und ebenso schwarze Augen, wodurch etwas noch Unheimlicheres von ihm ausging, eine Mischung aus Albino und Leichenmaske. Seine Stimme klang brüchig, fast ein wenig quietschend.

»Verzeihung, junge Frau, aber ich muß Sie etwas fragen. Kommen Sie bitte näher. Noch näher, man muß uns nicht hören.«

»Wie meinen?« Francisca war äußerst verwirrt, aber sie kam ihm ein Stück entgegen, stützte sich auf dem Klapptisch ab und beugte sich zu dem Mann hinunter. Er sah sie noch eine Weile an, bevor er eine sehr sonderbare Frage stellte.

»Sind Sie ein unbescholtener Mensch?«

»Was soll das bedeuten, um Himmels willen?«

»Ich muß Sie das fragen. In Ihrem höchsteigenen Interesse. Antworten Sie bitte, ich führe garantiert nichts Böses im Schild.«

»Ich habe mir wirklich nichts vorzuwerfen, das kann ich Ihnen sagen. Worum geht es?«

Der Mann öffnete eine Schublade und holte etwas hervor. Inzwischen war auch Jorge näher herangetreten, interessiert daran, was vorging. Der Mann hielt eine Fotografie in der Hand.

»Nun, ich habe Sie sofort erkannt. Heute nacht kamen hier vier Männer an, die dasselbe wollten wie alle hier: freie Zimmer. Diese Männer wirkten etwas... merkwürdig. Sie zeigten mir eine Fotografie. Das Bild einer schönen Frau. Ihr Bild. Die Männer fragten, ob ich diese Frau schon einmal gesehen hätte. Sie gaben mir ein großzügiges Trinkgeld, ich solle mich melden, falls ich ihrer ansichtig würde. Nun, Señora, ich habe

Sie sofort erkannt. Und mich soeben entschieden, Ihnen davon zu erzählen.«

Cis war bleich geworden. »Das ist ... sehr zuvorkommend von Ihnen. Ich bin ein guter Mensch – und diese Männer ... sind böse Männer. Sehr böse.«

»Gewiß. Jetzt bin ich davon überzeugt.«

»Gibt es denn nun freie Zimmer in der Stadt?«

»Im Moment leider nicht. Aber das kann sich stündlich ändern. Sie können warten.«

»Schade. Vielleicht können Sie mir bitte sagen, wo genau die ... Männer abgestiegen sind?«

»Im Atlantic Boulevard. Ein ziemlich teures Hotel. Mit das exklusivste am Ort!« Der junge Mann sah verliebt zu Francisca auf, obwohl Jorge jetzt direkt neben ihr stand und sich zu räuspern begann.

»Danke. Sie haben mir sehr geholfen.«

»Das hoffe ich. Bitte sehr. Ich wünsche noch einen schönen Tag in unsrer wunderschönen Stadt.«

Francisca nickte, senkte dankbar den Kopf und zog Jorge mit sich, hinaus ins Freie. Beide waren blaß und fühlten sich dennoch vom Glück geküßt. Sie nahmen den Vorfall als Zeichen, daß nicht nur ein romantischer junger Mensch, sondern irgendwer im Himmel schützend die Hand über sie hielt.

Weniger Abergläubische hätten alarmierter reagiert und den Bahnhof benutzt, wozu man einen Bahnhof üblicherweise nutzt. Ohne Aufschub.

Doch gab es vernünftige Gründe, die Flucht zu verzögern. Franciscas Koffer war noch bei Frederick untergestellt, sie hätte ungern auf die Kleider darin verzichtet. So spazierten sie durch die halbe Stadt, wenn auch nicht auf der breitesten Promenade, und diskutierten die neue Situation. Erst nach und nach begriffen sie deren Ernst. Die Verfolger, aus welchem verfluchten Grund auch immer, waren ihnen dicht auf den Fersen. Hier, an den Kais, so einfach ein Schiff ins Ausland zu besteigen, als reguläre Passagiere, war unter diesen Umständen kaum mehr möglich.

Das Klügste wäre gewesen, weiter nach Süden zu fahren und es dort zu probieren, sofort, noch am selben Tag.

Stattdessen beschlossen die beiden, Frederick um Hilfe zu bitten. Genaugenommen gab es niemanden sonst, der ihnen helfen konnte. Währenddessen kam mit dem Mittagszug Alfredo Torres in Mar del Plata an.

Frederick fand die Geschichte vom verliebten spitzschultrigen Albino reizend bis possierlich. Er sprühte gerade Frauenparfüm auf seinen Hals und duftete fortan nach Moschus und Orangenblüte.

»Ich soll euch Davongelaufene auf ein Frachtschiff bringen, ohne Papiere, versteh ich das richtig?«

»Nach uns wird gefahndet. Wir haben dabei nichts verbrochen, wirklich nicht, wir wollen einfach nur weg.«

»Na gut, Details muß ich nicht wissen. Ich höre mich um. Um offen zu sprechen: Ihr gefallt mir. Ihr habt mir von Anfang an gefallen. Beide. Ihr könnt für heute nacht ein Sofa in meiner Wohnung haben, dann sehen wir weiter.«

»Danke.« Francisca hatte noch nicht alle Vorbehalte gegenüber dem Mischling aufgegeben, aber sie reichte ihm zum ersten Mal ihre Hand, die Frederick elegant

mit zwei Fingern ergriff und zu seinen Lippen empor-
hob. Danach führte er die beiden in seine Wohnung auf
der anderen Straßenseite, ließ sie dort allein und kehrte
erst am frühen Abend wieder, mit einem großen Korb,
voll mit Brot, Bier, Reis und Spießen mit gegrilltem
Hühnerfleisch und rotem Paprika.

Er blieb in der Tür stehen, schnalzte mit der Zunge
und streckte die Arme gegen das Türkreuz, während
er gähnte, ein bißchen, als wolle er eine Wildkatze imi-
tieren. Dann verkündete er die gute Nachricht. Es gebe
schon bald eine Möglichkeit, diese Stadt hinter sich zu
lassen. Am nächsten Morgen lege ein spanischer Dampfer ab in Richtung Rio de Janeiro. Der Kapitän sei bereit,
zwei Passagiere ohne Papiere aufzunehmen, er verlange
allerdings 200 Pesos. Pro Person.

»Soviel haben wir nicht.«

»Das ist leider ein Problem. Wärt ihr bereit, an Bord
zu arbeiten? Könnt ihr überhaupt arbeiten?«

Cis und Jorge sahen einander an. Jorge antwortete
zuerst.

»Ich bin Pianist, aber nicht aus Zucker, natürlich
kann ich anpacken. Meine Verlobte jedoch...«

»Ich kann für mich selber sprechen, Conejo! Und um
es frank und frei zu sagen: Nein, ich bin Arbeit nicht
gewohnt, jedenfalls nicht Arbeit, wie sie wohl auf einem
Frachtschiff gebraucht wird.«

Frederick schmunzelte beim Gedanken daran, daß
sich eine Frau auf einem Frachtschiff unbrauchbar füh-
len konnte, aber für solch schlüpfrige Witzeleien waren
sie noch nicht lang genug befreundet. Er wandte sich an
Jorge. »Du bist Pianist? Im Ernst? Bist du gut?«

»Ich denke, das kann ich so sagen, ohne zu prahlen.«

»Dann habe ich eine Idee. Wir holen ein paar Leute zusammen und improvisieren ein Fest. Drüben im ersten Stock steht ein Klavier, ihr habt es ja gestern gehört. Du machst Musik für alle, deine Verlobte tanzt dazu, und am Ende sammeln wir für euch.«

Frederick wartete einen Moment, ob jemand widersprach. Das Schweigen der beiden nahm er als Zustimmung und lief aus dem Haus.

Cis zupfte Jorge am Ärmel.

»Ich sage dir eines, Karnickel: Ich werde ganz sicher nicht tanzen.«

»Das mußt du nicht, mein Schatz. Gewiß nicht. Aber die Idee an sich ist vielleicht nicht so übel.«

Um drei Uhr nachmittags trafen sich Fredo Torres und die Detektive in einer Strandbodega zur Konferenz. Alle Hotels waren überprüft worden. Wenn die Flüchtigen sich in der Stadt befanden, so hatten sie sich nicht unter ihren korrekten Namen einquartiert oder waren bei Privatleuten abgestiegen.

Fredo wurde unruhig. Der Spesenberg für die von ihm ohne Absprache mit seinem Onkel eingeleitete Aktion wuchs schnell und beträchtlich. Daß die Detektive in einem Hotel erster Klasse logierten, war schwer zu rechtfertigen, höchstens durch einen unmittelbar bevorstehenden Erfolg. Er selbst hatte mit Glück ein preiswertes Pensionszimmer fern des *Centro comercial* ergattert.

Noch einmal wurde detailliert besprochen, was man im Erfolgsfall unternehmen würde beziehungsweise unternehmen durfte. Als flüchtige Minderjährige konnte Francisca Alameda in Gewahrsam genommen und zurück nach Buenos Aires überführt werden. Da ihr Vater eine entsprechende Vollmacht unterschrieben hatte, würde kein Polizeibeamter dagegen einschreiten. Unklar lagen die Dinge, was Jorge Jega betraf. Eine Abreibung konnte man ihm verpassen, ohne juristische Konsequenzen befürchten zu müssen. Alles darüber hinaus, so drückte sich Fredo bewußt schwammig aus, würde sich aus der konkreten Situation herleiten. Niemand würde von den Detektiven explizit verlangen, gegen Gesetze zu verstoßen, doch waren sie bestimmt keine Moralapostel und schon zu Beginn der Aktion über die Absichten ihres Auftraggebers informiert worden, ohne Möglichkeit eines Mißverständnisses. Keinem hiesigen Gericht, so hatte der Don betont, würde ein Vergewaltiger, ein Ausländer, ein mittelloser Dieb einen Prozeß wert sein.

Am Ende der Besprechung beschloß Fredo, daß alle Anwesenden noch zwei oder drei Nächte in Mar del Plata verbringen sollten. Danach stünde der Aufwand nicht länger in einem vernünftigen Verhältnis zum möglichen Ertrag, und man konnte guten Gewissens behaupten, alles Menschenmögliche versucht zu haben.

Fredo plazierte die Detektive an strategisch wichtigen Punkten der Stadt, am Bahnhof, am Kai, wo die großen Passagierschiffe ablegten, am Frachthafen, einen auch auf der beliebtesten Flaniermeile der Stadt, der Avenida Colón, die am Abend vergnügungssüchtige Touristen anzog, mit einer Fülle von Cafés, Restaurants, Cabarets, Theatern, Anbahnungskaschemmen und natürlich dem Glanzpunkt, dem neu erbauten Casino Grande, wo die

Reichen und solche, die reich werden wollten, ihr Geld in Glanz und Pracht loswerden konnten. Fredo dachte sich, wie so oft, in seine Cousine hinein. Es schien ihm schwer vorstellbar, daß sie den Verlockungen eines solchen Areals widerstehen würde.

Weil es für den Moment nichts zu tun gab, ging er zum Strand und schoß, mit passabler Erfolgsquote, ein paar Dutzend Tontauben.

Frederick brauchte nicht viel zu organisieren. Per Mundpropaganda sprach sich herum, daß ein bedeutender junger Künstler aus Deutschland am Abend Beethoven spielen werde, unter anderem die Mondscheinsonate, und daß er eine hinreißend schöne Braut bei sich habe, die eine verwegene Ausdruckstänzerin sei. Das zog Publikum an.

Jeder, der kam, brachte Getränke mit, die in einer Zinkwanne voll zerstoßenem Eis kühl gehalten wurden. Die meisten von Fredericks Bekannten entstammten der Künstlerszene, waren Maler, Bildhauer, Lyriker, Geschichtenerzähler, manche hatten eine Gitarre dabei, ein Blasinstrument oder eine Trommel. Und dann gab es ein paar, die, wie Frederick selbst, in eher zwielichtigen Gewerben tätig waren.

Der Saal konnte etwa hundert Leute fassen, im Lauf des Abends wurde er fast voll. Wer kam, hatte einen Klappstuhl bei sich, denn es gab nur ein paar Holzbänke und den Hocker vor dem Klavier, das besser klang als erwartet und sauber gestimmt war. Es wurde viel geraucht, heller und schwarzer Tabak, auch Haschisch. Jorge Jega wurde mit warmem Beifall empfangen, manche Frauen warfen ihm Kußhände zu, schon allein, weil er blond war. Zum ersten Mal spielte er die Mondschein-sonate in der Öffentlichkeit, alle Fenster waren geöffnet, und sein quirliges, sehr impulsives Spiel war bis zum Wasser zu hören, das knapp vierhundert Meter entfernt lag. Die Menge blieb konzentriert und ruhig, dann spendete sie enormen, von Herzen kommenden Applaus. Der förmliche Teil des Abends war beendet, obwohl Jega für ein paar Zugaben bereit gewesen wäre. Doch nein, das genügte, jetzt wollten auch die anderen Musik machen, es wurde gesungen und mit allen vorhandenen Instrumenten improvisiert.

Die Frauen, die dunkelhäutigen voran, tanzten und klapperten mit bunten Muschelketten, die gerade in Mode waren. Ein paar junge Prostituierte, an derlei gewöhnt, stiegen auf die Tische, um von dort aus zu tanzen und zu animieren.

Jemand grabschte Francisca von hinten an die Brust, sie drehte sich um und gab dem Kerl eine Ohrfeige, was viel Gelächter hervorrief und Spott, denn der Täter war ein kaum sechzehn Jahre alter Junge, der beschämt und mit hochrotem Gesicht davonzog. Es wurde viel Alkohol getrunken, Bier, Schnaps, Cocktails mit frisch gepreß-tem Zitronensaft und braunem Zucker. Cis bestand dar-auf, einmal dieses sagenhafte Haschisch zu probieren. Jemand reichte ihr eine Meerschaumpfeife, doch hatte sie in ihrem Leben noch nicht einmal normalen Tabak geraucht. Bald kauerte sie im Eck und hustete und röchelte, zuletzt gefiel es ihr dann doch, und sie wurde munter und leutselig, verteilte großzügig Umarmun-gen, um die sie gebeten wurde, von fast allen Männern, auch ein paar Frauen. Zwei, drei gutaussehenden jungen Burschen gab sie gar ein Küßchen auf die Wange und grinste, als ihr Verlobter tadelnd den Mund verzog. Jorge, der nichts gewohnt war, wurde schnell betrunken. Frederick hielt zwischendurch einmal eine kurze Rede, des Inhalts, daß dieses junge begabte Paar auf dem Weg ins Ausland sei, um zu heiraten.

»Sie sind zwar schön, aber haben kein Geld. Drum spendet, Freunde, gebt etwas, gebt es in den Hut!«

Auf dem Podium, auf dem Klavier, stand ein Zylinder, in den man etwas werfen konnte. Die meisten gaben fünf, manche auch zehn oder zwanzig Pesos, sogar die Prostituierten, die zwischendurch mit Verehrern ins untere Stockwerk verschwanden. Die Stimmung war prächtig, mitreißend, und endlich, betrunken und bekifft, von den Anwesenden stürmisch darum gebeten und angefeuert, ließ auch Cis sich zu einem Tanz herab. Jorge spielte träumerische Moll-Septakkorde mit vielen Arpeggien, und sie tanzte dazu, zog, mehr weil ihr so heiß war denn aus sonstigen Gründen, ein Kleidungsstück nach dem nächsten aus, das Kleid, die Schuhe, die Strümpfe – bis sie barfuß und in Unterwäsche vor den Leuten stand und sich unter großem Jubel graziös verbeugte und beinahe erbrach. Später wollte sie sich daran nicht mehr erinnern. Im Zylinder kamen beinahe 400 Pesos zusammen.

Frederick verfrachtete die beiden Betrunkenen großzügig ins eigene Schlafzimmer, und als sie eingeschlafen waren, legte er sich zwischen sie, andersherum. So konnte er seinen Kopf mal in Franciscas, mal in Jorges Schoß betten, was ihm sehr gefiel.

»Ihr seid so schön«, flüsterte er, »ihr zwei werdet nie wieder so schön sein wie jetzt, ihr Lieblichen, ihr Göttlichen. Ein Tag mit euch ist wie ein Jahr im Paradies.«

Der Wecker war auf fünf Uhr gestellt. Noch eine Stunde Schlaf.

Um sechs Uhr morgens, nach einem Frühstück mit Kaffee, Brot, Eiern und Speck begleitet Frederick die lieblichen Göttlichen, die nur mühsam geradeaus sehen können, zum Kai und liefert sie ab beim spanischen Dampfer *Juanita*, der zwischen Mar del Plata und Rio de Janeiro pendelt und zumeist Kohle transportiert, weshalb man sich an die Luft an Bord gewöhnen muß.

Der Kapitän, alt und braungebrannt, ist auf einem Auge blind, ohne eine Klappe zu tragen und den Leuten den Anblick seines weißen blinden Auges zu ersparen. Darüber hinaus kann er charmant sein, aber auch cholerisch werden. Er verlangt Vorabbezahlung. Unbedingt.

Cis protestiert, mit dem Argument, er könne sie dann jederzeit über Bord gehen lassen. Der Kapitän lacht und meint, das könne er ohnehin. Das Leben enthalte nun mal ein gewisses Maß an Risiko.

Jorge bezahlt, und die beiden bekommen eine winzige Kajüte neben dem Frachtraum, vorgesehen eigentlich nur für eine Person.

»Ihr seid jung und verliebt, da liegt man sich noch gerne nah«, scherzt der Kapitän, dessen Name Diaz lautet, Vorname unbekannt. Kurz nach sieben Uhr wird der Anker gelichtet, und der schwerbeladene alte Dampfer legt ab, gerade als einer der Detektive, vom opulenten

Frühstück im Atlantic kommend, den Kai betritt, sich auf einen Klappstuhl setzt und Zeitung liest.

Jorge preßt seine Geliebte fest an sich, sie stehen an Deck, neben der Brücke, und werfen einen letzten Blick zurück, er nur auf eine seltsam künstliche Stadt, Francisca auf ihr Heimatland. Nun sind sie also auf dem Weg nach Rio. Niemand kann sie jetzt noch aufhalten.

In Rio, sagt Jorge, werde Portugiesisch gesprochen, nicht Spanisch. Cis nickt, das wisse sie auch, das müsse ein Gringo ihr nicht erklären.

Fredo hatte nicht gut geschlafen. Irgendwo in der Nähe war bis nachts um vier Radau gemacht worden, mit lauter Musik und schrill kreischenden Weibern. Wobei es zu Beginn sogar ein wenig Beethoven zu hören gab. Er kannte sich nicht gut aus in klassischer Musik, aber ein wenig hatte man ihm in der Schule schon beigebracht.

Drei Tage lang schlenderte er durch die Stadt, dann schickte er die Detektive zurück nach Buenos Aires. Zuvor mußten sie in allen wichtigen Straßen das Foto der Francisca Alameda aushängen, mit folgendem Text darunter: *MÄDCHEN AUS GUTEM HAUSE VERMISST. HINWEISE WERDEN GUT HONORIERT. Meldungen an Torres, c/o Pension Calabria.*

Fredo hatte keine große Hoffnung, hier noch viel in Erfahrung zu bringen, doch wollte er noch nicht zurück nach Montevideo, in sein langweiliges Leben, zurück zu Lucia. Als er eben aufgeben wollte, meldete sich nach vier Tagen ein sechzehnjähriger Lümmel, der behauptete, die gesuchte Frau zu kennen. Er habe ihr am Morgen den Koffer bis zum Hafen schleppen müssen, als Strafe, weil...

Er stockte und sagte nicht, warum, wurde rot.

Nun, jedenfalls, diese sehr aggressive und hochnäsige Frau habe mit ihrem Verlobten ein Schiff bestiegen, einen Kohledampfer mit Namen *Juanita*.

Fredo gab dem Jungen 30 Pesos.

Im Kontor der Reederei erfuhr er Näheres. Die *Juanita* würde mit vier Mann Besatzung zwölf Tage lang nach Norden unterwegs sein, mit Kurzaufenthalten in fünf Städten. Fredo stöhnte auf. Vor zwei Tagen hatte das Schiff in Buenos Aires angelegt! Hätte dieser dumme Junge sich eher gemeldet, die beiden Flüchtigen wären in der Falle gesessen, man hätte sie einfach nur in Empfang nehmen müssen.

Fredo rechnete nach. Im Moment mußte das Schiff in Montevideo am Auslaufen sein, würde dann Rio erreichen, die Ladung löschen und Kurs zurück nehmen, in abermals zwölf Tagen. Demnach durfte Alfredo Torres zwanzig weitere Tage in dieser so unterhaltsamen Stadt verbringen, beim Warten auf die *Juanita*, während sein Onkel die Rechnungen bezahlte. Großartig. Was für ein Leben! Es gab allerdings auch ein wenig Ärger.

Lucia de Cordoba an ihren Verlobten
Alfredo Torres, 14. Februar 1902

Mein Lieber,
mein sehr Vermißter, Du fehlst, fehlst zu lange, ich
muß sagen, deutlich sagen, daß ich zunehmend den

Eindruck gewinne, Du würdest mich meiden. Sollte
dem so sein, bitte ich Dich dringend darum, mir das
in klaren Worten mitzuteilen, damit ich weiß, woran
ich bin. Meine Geduld ist am Ende, und ich hege den
Verdacht, Du habest Dich in eine fixe Idee verrannt,
die sich mit meiner Vorstellung einer liebenden Ver-
bindung nicht decken mag. Verzeih die harschen
Worte, falls Du noch etwas fühlst für mich und ich
falsch interpretiere, was derzeit geschieht. In herz-
licher Zuneigung grüßt Dich Deine
Lucia

Alfredo Torres an Lucia de Cordoba, 20. Februar 1902

Meine Süße,
Dein Brief hat mir den Boden unter den Füßen
weggezogen. Ich kann Dir garantieren, daß es für
mich sehr wichtig ist, die Gunst meines Onkels zu
erlangen, indem ich seine flüchtige und sittlich ver-
kommene Tochter aufspüre. Wir beide würden viel
damit gewinnen, weder jage ich einer fixen Idee noch
einem gestaltlosen Gespenst hinterher. Es gibt konkrete
Anhaltspunkte, ihren Aufenthaltsort alsbald heraus-
zubekommen, wozu ich leider noch ein paar Tage hier
verbringen muß. Ich will ganz ehrlich zu Dir sein.
Daß mir diese Detektivarbeit auch ein wenig Spaß
bereitet, bestreite ich gar nicht. Vertrau mir einfach,
wir haben noch ein langes gemeinsames Leben vor
uns, doch im Moment gibt es etwas Dringendes,

Außerordentliches, ganz und gar nicht Alltägliches zu
tun. Besondere Umstände verlangen nach besonders
viel Verständnis. Dieses hab bitte noch eine kleine
Weile, ich bin weiterhin einzig der Deine, für immer,
und küsse Dich,
Fredo

Schließlich, nach neunzehneinhalb Tagen, mit nur zwei
Stunden Verspätung, lag die *Juanita* wieder in Mar del
Plata vor Anker. Alfredo Torres, der inzwischen über
900 Pesos im Casino Grande verspielt und eine Affäre
mit einer leichtsinnigen Einheimischen aus dem Gym-
nastikclub begonnen hatte, stellte sich Kapitän Diaz als
Francisca de Alamedas Cousin vor, zeigte ihm die Bevoll-
mächtigung ihres Vaters und drohte mit einer Anzeige
wegen illegaler Personenbeförderung. Auf diese Weise
erfuhr er, daß die beiden Geflohenen in Rio von Bord
gegangen waren. Gesund und munter.

V

Die Reise von Cis und Jorge an Bord der *Juanita* blieb nicht frei von unangenehmen Vorkommnissen. Schuld daran trug vor allem die Langeweile während der Fahrt. Die beiden hatten nicht an Bücher gedacht oder sonstige zeitabtötende Beschäftigungen. Es gab ein altes Damespiel, das sie sich vom Kapitän ausliehen, und weil ihnen die genauen Regeln des Spiels nicht bekannt waren, legten sie selbst welche fest.

Nachts lagen sie beieinander, husteten Kohlenstaub ab und fragten sich die üblichen Fragen jenes anderen Spiels, bei dem die Regeln erst nach und nach festgelegt werden.

»Wirst du mich immer lieben?«

»Ohne jeden Zweifel.«

»Woher willst du das wissen, Conejo?«

»Es ist so.«

»Und wenn ich mich verändere? Wenn ich alt werde?«

»Alles andere würde mich in Erstaunen versetzen.«

»Sei nicht albern! Beantworte meine Frage! Wirst du mich immer lieben und für mich da sein?«

Franciscas Frage klang um einiges alberner als Jorges Bonmot, doch leistete er ihr aus bestem Wissen und Gewissen einen Schwur, für sie da zu sein, bis ins Grab und ans Ende der Zeit. Umgekehrt versprach sich Francisca dem Bräutigam nicht in demselben feierlichen

Tonfall, wie Jorge konstatierte. Pathos und Schwulst, zwei Dinge, die nirgendwo sonst so sinnvoll sein konnten, wie um einer jungen Liebe Ekstase und Erhabenheit zu verleihen, schienen Cis nur schwer über die Lippen zu kommen, sie meinte, fast lapidar:

»Dann ist es gut, dann kannst du dich auch auf mich verlassen.«

Na schön, dachte Jorge, so, auf das Wesentliche reduziert, läßt es sich auch formulieren. Sie würden zusammen alt, krumm und häßlich werden, doch einander Halt bieten. Das war die Hauptsache, der Rest nur Zierat für die Verse der Poeten.

Cis genoß es dabei enorm, wenn Jorge vor ihr auf die Knie ging und theatralische Liebesbekundungen von sich gab. Das, so empfand sie es, sei mithin das mindeste, was sie von einem Hungerleider erwarten durfte, einem mittellosen Kriminellen, dem das außerordentliche Glück zuteil geworden war, ein derart hochrangiges Schmuckstück der Gesellschaft zum Traualtar zu führen. Wenn sie so dachte, wurde ihr schnell bewußt, wie sehr ein Teil von ihr auf einen Teil von ihm herabsah. Dann gelobte sie sich Besserung und stellte allerhand Betrachtungen an, um den gesellschaftlichen Graben zwischen ihnen flachzureden. Immerhin war Jorge ein Künstler, demnach fähig, etwas aus sich zu machen. Etwas, was anderen armen Schluckern nicht so leicht zur Verfügung stand. Ihr war, zu diesem Zeitpunkt, nicht bewußt, daß ihre Liebe ein künftiges Potential Jorges voraussetzte und nicht uneingeschränkt seiner vorhandenen Person galt. So weit und klar zu denken verbot dem jungen Mädchen die Schwärmerei, sie liebte, wie man mit siebzehn liebt, wenn allzuviel unter den Teppich gekehrt wird.

Jorge, ein wenig reifer, blendete jeden vorhandenen Zweifel aus, überzeugt davon, daß bedingungslose Liebe über alle Hindernisse triumphiert. Und mit jeder Nacht, in der sie sich küßten, einander versprachen, wuchsen sie enger zusammen, waren glücklich, obgleich die Umstände auf dem Dampfer kaum demütigender oder beengender sein konnten. Cis wollte nicht, daß der Mann, der bald ihr Gatte sein würde, sich auf sie legte, mit Kohlenstaub im Haar. Sie erlaubte Jorge, sich in ihrer Gegenwart mit der Hand zu erleichtern. Jedwedes Mehr an Entgegenkommen hielt sie für gänzlich unangebracht und verschob es auf die nahe Zukunft, wenn man in Rio festen Boden unter den Füßen haben würde. Sie fand es aufregend zu sehen, wie schnell sich der Bräutigam, allein durch ihren Anblick, Befriedigung verschaffen konnte.

Die Umstände waren für verwöhnte Menschen lästig und gewöhnungsbedürftig, doch hätte alles auch sehr viel schlimmer kommen können. Die Fahrt bot das, was jedem Seemann das Wichtigste ist, eine ruhige See, ohne Sturm und Wind.

Cis hingegen schimpfte mit jedem Tag heftiger über die ihr zugemutete Enge, ohne sich einfach mal damit abzufinden, wie Jorge es tat. Das Essen war miserabel, meist gab es Reis, Bohnen, Gemüse und Instant-Soßen dazu, die angeblich Fleisch oder Fisch enthielten, in höchstens winziger Dosierung. Dann gab es da noch diesen Matrosen namens Carlos. Er verfolgte Ambitionen bezüglich Francisca, die Jorge nicht gutheißen konnte. Um das mindeste zu sagen. Außer Kapitän Diaz und dem Heizer Carlos waren noch zwei Matrosen an Bord, Chinesen, die kein Wort Spanisch sprachen, die überhaupt nicht redeten, nicht einmal Chinesisch, und sich auch sonst kaum bemerkbar machten.

Die *Juanita* legte zuerst in Buenos Aires an, danach in Montevideo. Beide Male weigerte sich Jorge, von Bord zu gehen, denn er glaubte an boshafte Zufälle. Erst in Santos betrat er wieder festen Boden und besorgte genießbaren Proviant für sich und seine Geliebte, auch ein Domino-Spiel sowie Bücher und Zeitungen.

Carlos wurde im Lauf der knapp zwei Wochen immer aufdringlicher, seine Witze und Sprüche wurden schamloser. Schlimmer war, daß Francisca von diesem schmalzlockigen Kraftpaket nicht ganz unbeeindruckt blieb. Jorge hätte einschreiten, hätte sein Monopol mit Wucht demonstrieren müssen, doch lag derlei so gar nicht in seiner Natur. Weil dem Heizer keine Grenzen gesetzt wurden, nahm er sich immer mehr heraus, sogar Berührungen, und nicht nur flüchtige oder streifende, nein, zupackende und prüfende.

Statt Carlos zur Rede zu stellen, machte Jorge der Geliebten Vorwürfe, sich gehen zu lassen, den Spanier zu provozieren, weil sie wegen der Hitze oft locker gekleidet auf Deck herumlief.

Francisca Alameda war kein Mädchen, das Vorwürfe still erduldet, vor allem nicht, wenn diese jeder Grundlage entbehrten. Denn in keinem Moment dachte sie ernsthaft daran, dem Matrosen mehr zu gönnen als einen Blick auf ihren Hals oder Knöchel. Dafür war ihr dieser Muskelmensch, der einen Gutteil des Tages Kohlen schaufelte, zu verschwitzt und schmutzig. Und als er sie einmal hart am Oberarm packte und zu sich ziehen wollte, zerkratzte sie ihm mit ihren Fingernägeln den Arm, bis er brüllte.

Jorge beschwerte sich beim Kapitän. Diaz, der seit fünfzig Jahren zur See fuhr, meinte, sich eine so hübsche Frau auszusuchen, habe immer Konsequenzen. Seeleute seien nun mal nicht aus Stein, aber bisher sei doch kaum etwas Erwähnenswertes passiert.

Carlos hielt es für nötig, Jorge einen Fausthieb zu verpassen, um klarzustellen, wer an Bord das Sagen hatte. Danach, als habe er nur sein Gesicht wahren müssen, gab er überraschend Ruhe, und der Rest der Fahrt verlief beinahe reibungslos. Als Jorge die Gangway hinabschritt, um brasilianischen Boden zu betreten, war von seinem Veilchen kaum noch etwas übrig, ein bißchen Kruste über der linken Augenbraue, wenn man ganz genau hinsah.

DRITTER TEIL

RIO DE JANEIRO

I

Das junge Paar besaß noch etwa 200 Pesos. Francisca trug einige Schmuckstücke bei sich, darunter auch solche, die sie in der Nacht vor der Flucht aus der Schatulle ihrer Stiefmutter entwendet hatte. Was der Schmuck genau erbringen würde, konnte sie nur grob schätzen, aber Jorge meinte, und er wußte es aus eigener, bitterster Erfahrung, daß man dafür selten mehr als ein Drittel des reellen Wertes bekam.

Bis hierhin hatten sich beide keine großen Gedanken darüber gemacht, wie es weitergehen würde, sie vertrauten auf die Möglichkeiten einer Metropole. Ein bißchen Glück mußte man ohnehin haben, wo auch immer auf der Welt.

Tatsächlich schien es das Schicksal an diesem Tag besonders gut mit ihnen zu meinen. Bei der Lektüre der Stellenanzeigen stießen sie auf die Anzeige des traditionsreichen, leider etwas abgewirtschafteten Bierlokals *Carvalho* im Viertel Santa Teresa, das ausgerechnet einen Pianisten suchte, zur musikalischen Erbauung der Kundschaft, sechs Abende die Woche. Sie leisteten sich ein Billett für die Trambahn, nur, um vor Ort festzustellen, daß der Posten bereits vergeben war. Jorge wollte sich damit nicht abfinden, er ließ sich das Klavier zeigen und spielte Chopin, was auf den Betreiber der Kneipe, Renato Lopes, enormen Eindruck machte, denn nie zuvor hatte ihm klassische Musik gefallen.

Jorge bot dem Wirt an, im ersten Monat für das halbe Gehalt seines unbekannten Konkurrenten zu arbeiten. Das machte auf Lopes ebenfalls Eindruck, doch noch weit mehr als von der finanziellen Ersparnis und den pianistischen Fähigkeiten Jorges war er vom Anblick Franciscas angetan. Nach einer halben Stunde Debatte war man sich weitgehend einig geworden. Jorge war engagiert und durfte ein Zimmer im ersten Stock beziehen, unter der Voraussetzung, daß seine Verlobte abends für drei Stunden als Kellnerin arbeitete. Francisca hatte nie als irgendetwas gearbeitet, doch war ihr gerade so, als habe sie Lust darauf, es einmal auszuprobieren. Ein wenig wie in Trance gab sie ihr Einverständnis. Die Geflohenen schienen im fremden Land glücklich angekommen, das möblierte Zimmer, ihre neue Heimat, war kaum zwanzig Quadratmeter groß, aber, so Lopes, für einen alleine sei das eine großzügige Unterkunft.

Wie er das meine?

Lopes erklärte, er könne selbstverständlich nicht dulden, daß Jorge und seine Verlobte gemeinsam unter diesem Dach hausten, darüber könne man frühestens nach erfolgter Heirat reden, ansonsten riskiere er Ärger mit den Behörden wegen etwaiger Kuppeleiparagraphen. Ob man, fragte Cis, mit wippenden Lidern, nicht wenigstens für heute eine Ausnahme machen könne? Nein, könne man nicht.

Francisca Alameda mußte Quartier in einer nahen Damenpension beziehen, für zehn Mil Réis, umgerechnet sechs Pesos die Nacht. Und schon am Abend begann die Arbeit.

Jorge nahm im gutgefüllten Lokal Platz und spielte aus den Werken deutscher Komponisten. Impromptus, Etüden, Sonatinen, kurze Fantasien. Eine Weile lang hörten die Leute aufmerksam zu, dann immer weniger, bis Lopes ihn anwies, er solle nun Tanzbares spielen, das Publikum sei überfordert und bestelle nicht genug. Jorge improvisierte, war aber mit dem volkstümlichen Liedgut Brasiliens nicht vertraut. Er imitierte Rhythmen, die er in letzter Zeit da und dort aufgeschnappt hatte. Damit kam er einigermaßen durch, doch vermochte er keinen einzigen Publikumswunsch zu erfüllen und galt alsbald als zwar virtuos, doch auch etwas ›blond‹ – gleichbedeutend mit arrogant. Sein Trinkgeld am ersten Abend betrug nur knapp zehn Mil Réis. Tags darauf kaufte er in einer Musikalienhandlung einen dicken Band aktueller Populärmusik und übte ungefähr zwanzig simple Stücke samt ihren portugiesischen Titeln ein, bis er alle auswendig konnte.

Francisca hatte ihren Part überraschend gut gemeistert, weil sie sich, in ihrer Aufgeregtheit, die denkbarste Mühe gab. Sie war für die Zeit zwischen neun Uhr abends und Mitternacht eingeteilt, wenn eine zweite Kellnerin benötigt wurde. Ihr Trinkgeld betrug fast 30 Mil Réis, und nur ein einziges Glas Bier war ihren Händen entglitten und zerschellt, woraufhin die Kundschaft applaudierte und etwas rief, das sinngemäß mit

›Scherben bringen Glück‹ übersetzt werden kann. Jorge war außerordentlich stolz auf seine Verlobte und auch erleichtert, denn, wenn er ehrlich war, hatte er ihr dergleichen nicht zugetraut.

Cis klagte, daß sie ihre Arme nicht mehr spüre und daß ihr gleich die Füße abfielen, dann lief sie die beiden engen Straßen nach Norden, wo ihre Pension lag. Wo ihr einfiel, daß sie Jorge keinen Gutenachtkuß gegeben hatte.

II

**Alfredo Torres an Vincente Alameda,
ca. Ende Februar 1902**

Lieber Onkel,
verzeih mein längeres Schweigen, doch weiß ich
inzwischen, wo die beiden sich aufhalten oder sich
zumindest vor kurzem noch aufgehalten haben
müssen, nämlich in Rio, Brasilien. Dein Einverständ-
nis vorausgesetzt, werde ich mich auf dem kürzesten
Wege dorthin begeben, Deine Tochter suchen und Dir
zurückbringen. Natürlich werde ich einige zusätzliche
Auslagen haben. Wenn Du einverstanden bist, mir
an die unten genannte Adresse 2000 Pesos pro Monat
zu überweisen, werde ich arbeiten wie ein Pferd und
fündig werden, das verspreche ich Dir feierlich. Alles
Liebe und Gute an die Familie,
Dein Dir immer ergebener Neffe,
Alfredo

Vincente Alameda an Alfredo Torres,
1. März 1902

Lieber Neffe,
ich freue mich, daß Du so viel selbstloses Engagement
zeigst. Doch will ich Dir etwas nicht verschweigen.
Deine Verlobte Lucia hat mir geschrieben, sie möchte
Dich bald wiederhaben, deutete an, Du könntest für
Deine Cousine gewisse Gefühle hegen. Was für eine
alberne Idee! Ich konnte sie vorläufig beschwichtigen.
Du bist ja ein vernünftiger Mensch, kein Traumtän-
zer, auch wüßtest Du nur zu gut, daß Du Dir der-
gleichen nie erlauben dürftest, ohne meinen Zorn zu
erregen. Aber lassen wir das, es versteht sich von selbst.
Was die Summe von 2000 Pesos betrifft, scheint sie
mir deutlich zu hoch gegriffen. Ich überweise die
Hälfte, doch kannst Du fest darauf vertrauen, daß
Dir im Erfolgsfall eine Gratifikation zuteil werden
wird, die jeglichen Aufwand mehr als lohnt. Halte
mich über alle Entwicklungen auf dem laufenden,
telegrafisch. Briefe sind Zeitverschwendung. Unter-
nimm keine Alleingänge! Hier stehen Leute bereit, die
für eventuelle Erfordernisse geschult sind. Leute, die
Verantwortung übernehmen können. Es fällt mir
etwas schwer, mir vorzustellen, was Du, als Einzelper-
son, in der Sache tun könntest, ohne Dich juristisch
zu verstricken. Sei diskret. Viel Glück nun bei Deiner
Suche,
Dein Onkel Vincente

III

Das Projekt Heirat wurde unverzüglich angegangen. Einen Priester zu finden stellte kein großes Problem dar, es gab allerdings Terminprobleme. Zwei Wochen Wartezeit mußten selbst in der kleinsten Kapelle einkalkuliert werden. Das bedeutete, es konnte schneller gehen, je nach Höhe der Spende. Die Heiratskandidaten mußten Ringe besorgen, deren materieller Wert indes nachrangig war. Zur Not hätten welche aus Holz genügt. Die Gebühr für die Trauung hielt sich in erträglichen Grenzen. Die Probleme waren ganz andere. Damit die Heirat offiziell gültig wurde, bedurfte es eines zusätzlichen standesamtlichen Aktes. Hierfür waren Trauzeugen nötig, Pässe und – Geburtsurkunden. Weder Cis noch Jorge verfügten über eine Geburtsurkunde. Er hatte seine irgendwann verloren, sie hatte ihre zu Hause vergessen. Es blieb ein einziger Ausweg.

Am 15. März 1902, um 16 Uhr, wurden die beiden in der *Igreja Nossa Senhora da Glória do Outeiro* kirchlich getraut, in der preisgünstigsten Variante, ohne blumenwerfende Brautjungfern, ohne Orgelspiel. Der Priester segnete sie und gab ihnen eine formlose Bescheinigung mit. Wenigstens vor Gott waren sie nun Mann und Frau. Am sechzehnten März legten sie Renato Lopes eine gefälschte behördliche Heiratsurkunde vor, die sie sich in einer übel beleumundeten Kaschemme am Hafen besorgt hatten, für 200 Mil Réis. Der Kneipier nickte befriedigt, und Francisca durfte fortan in Jorges Zimmer wohnen. In derselben Nacht verlor sie ihre Jungfräulichkeit, erlitt erste eheliche Schmerzen, die sie ihrem Gatten tapfer lächelnd verschwieg. Sicher war es ein Fehler gewesen, das Ereignis so lange vor sich herzuschieben. Die Erwartungen hatten sich während der vergangenen Wochen hochgeschaukelt, zu etwas sehr Romantischem, sehr Wichtigem, wo es doch, trivialer besehen, um eine lästige und blutige Prozedur ging.

Von dieser für beide enttäuschenden Episode abgesehen, lief alles bestens, sie besaßen ein Heim. Und Zukunft noch und noch. Das Geld, das sie verdienten, genügte für einen schlichten Lebenswandel. Der *Alemão* wurde als Kneipenmusikant immer beliebter, die Kundschaft tanzte, wenn er spielte, und manchmal durfte er sogar, vor allem wenn die Kunden ihn laut dazu aufforderten, etwas von Beethoven zu Gehör bringen. Auch Cis war beliebt. Wie jede attraktive Kellnerin im Land wurde sie bei der Arbeit bedrängt und belästigt, nicht nur mit harmlosen bis heftig obszönen Anträgen, auch handgreiflich, bis hin zu geraubten Küssen. Jorge, ihr Ehemann, klimperte Melodien und tat, als ob er nichts mitbekäme von dem, was allabendlich um ihn herum geschah. So jedenfalls sah es Francisca. Er bekam selbstverständlich nicht alles mit, doch genug, um deswegen zu leiden.

Allein, was hätte er tun können? Hätte er einen der Mistkerle tatsächlich gemaßregelt, gar mit einem Fausthieb zu Boden gestreckt, wären am nächsten Abend andere gekommen. Kein Wirt kann sich einen Pianisten leisten, der Gäste verprügelt. Nein, es war ganz klar eine Sache der Vernunft, sich auf die Tasten zu konzentrieren und das Geschehen links und rechts auszublenden.

Franciscas Enthusiasmus für ihre erste Anstellung ließ bald nach, trotz der hohen Trinkgelder, die ihr nicht ähnlich viel bedeuteten wie gewöhnlichen Arbeitern. Nach drei Wochen meldete sie sich erstmals krank, sie habe es satt, dauernd angefaßt und angequatscht zu werden.

Jorge fand, daß sie übertrieb. Derlei Dinge seien doch, alles in allem, wenn nicht harmlos, so doch tolerabel, gehörten eben dazu – im alkoholisierten Milieu. Nicht zuletzt deshalb gäben die Männer ja so hohe Trinkgelder, nicht nur aus Verehrung und Begeisterung, auch als Beschwichtigung für kleine Übergriffe.

Jorge hütete sich, seiner Frau das so zu sagen oder ihr gar vorzuwerfen, denn offenbar grollte sie ihm. Bereits sein Schweigen nahm sie als Gleichgültigkeit übel, wie hätte sie erst auf Relativierungen, gar auf Zurechtweisungen reagiert? Dauernd setzte Jorge zu einem Satz an, dauernd verschob er ihn wieder. Aber es mußte gesagt werden, unter welchen Opfern auch immer.

Francisca Alameda, du bist jetzt keine höhere Tochter mehr, du hast Arbeit, verdienst gut, sei glücklich und paß dich gefälligst den Gegebenheiten an. Und wenn dir einer auf den Hintern klopft, ignorier es.

Er sagte es nicht, er schwieg, nur manchmal murmelte er etwas wie: »Wir müssen das Beste draus machen.« Oder: »Es ist, wie es ist.«

Währenddessen war Alfredo Torres in Rio eingetroffen und irrte ziellos durch die riesige Stadt, auf der Suche nach den beiden. Er hatte es schwer, so ohne jeglichen Anhaltspunkt. Dabei gab es doch einen Anhaltspunkt, und nach einigem Nachdenken kam er darauf: Ins Zeitungsarchiv mußte er gehen und alte Stellenanzeigen durchsehen. Von Luft und Liebe konnten die beiden nicht sehr lange leben, und warum sollte ein Pianist nicht zuallererst versuchen, Arbeit als Pianist zu finden? Weil Jega, wie man sich erzählte, ein hervorragender Pianist war, konnte er Arbeit gefunden haben. Vielleicht nicht in einem Orchester, nicht als Ausländer, nicht so schnell jedenfalls. Aber Barpianisten oder Klavierlehrer oder Portativ-Organisten, die diese neuartigen Kinematographen begleiteten, wurden immer gebraucht.

Fredo legte eine Liste an.

Jorge gab acht darauf, seine Frau nicht zu schwängern, er wollte nicht denselben Fehler machen wie damals bei Lene. Was dies betraf, waren sich die jungen Eheleute einig. Cis mochte keine Kinder bekommen, bevor sie nicht mindestens fünfundzwanzig war, ihr graute bei der Vorstellung eines aufgeblähten Bauches und höllischer Schmerzen, nur, um etwas in die Welt zu setzen, für das sie womöglich weder Verwendung noch Gefühle haben würde. Jorge wollte Kinder, aber nicht jetzt, erst später, wenn das junge Paar genug angespart hatte und sich eine eigene Wohnung leisten konnte. Cis würde sicher bald umdenken. Wenn ihr Wesen mitunter auch schwierig war, herrschte doch die meiste Zeit über Harmonie, nicht zuletzt, weil Jorge gelernt hatte, seiner

Frau nie direkt zu antworten, sondern ihr immer erst einmal zuzustimmen, bevor ihm dann, nach und nach, allerlei Bedenken kamen und er, gleichsam mit ihr an der Hand, die Position wechseln konnte.

Franciscas Körper genoß er wie das Geschenk eines sehr großzügigen Gottes. Sie war inzwischen soweit, den Beischlaf einigermaßen zu genießen. Das meiste davon. Es gab Bedingungen. Sich in ihr zu ergießen, war Jorge verboten, nicht nur wegen einer Schwangerschaft, auch weil sie sich beschmutzt gefühlt hätte.

In ihrem Herzen, dachte Jorge manchmal, ist sie noch mehr Kind als Frau. Diese Beurteilung entsprang seinem Wunschdenken, seiner Projektion. In ihrem Herzen war Francisca alles mögliche, unter anderem ein Kind. Aber zusätzlich war sie eben auch die Frau, die, wenn auch nur tief im Unterbewußtsein, das eine, Wesentliche, begriffen hatte. Alles, alles, egal was bei diesem Abenteuer passieren würde, konnte durch eine simple Zugfahrt nach Buenos Aires zurück auf Null gestellt werden, rückgängig, quasi ungeschehen gemacht. Bis auf ein Kind.

IV

Am Nachmittag des 4. April betrat Fredo Torres den Schankraum des Carvalho, als nur der Besitzer, Renato Lopes, vor Ort war, um die Zapfhähne zu schrubben. Das Lokal öffnete erst in einer halben Stunde, was ihm der Wirt in höflichem Tonfall mitteilte.

»Danke, ich möchte nichts konsumieren. Ich brauche eine Auskunft.«

»Welcher Art?« Lopes sah den jungen, elegant gekleideten Mann mit Mißtrauen an, er war Ausländer und wirkte etwas herablassend. Was für eine unhöfliche Aussage war das denn? Er wolle nichts konsumieren? Dann leck mir die Stiefel! Torres zog eine Fotografie hervor und legte sie auf den Tresen.

»Ich suche dieses Mädchen. Haben Sie sie schon einmal gesehen?«

Lopes nahm umständlich das Bild in die Hand, drehte und wendete es, hielt es sich nah an die Augen, als ob er Probleme habe, etwas zu erkennen.

»Hübsches Mädchen. Hat sie was ausgefressen?«

»Vielleicht, aber darum geht es nicht. Haben Sie sie gesehen?«

Lopes fühlte sich schon jetzt schwer beleidigt. Wer war dieser Typ, der weder guten Tag wünschte noch ihm erklären wollte, worum es hier ging?

»Leider nur auf diesem Foto.«

»Sind Sie sicher?«

»Hören Sie, junger Mann, wer kann sich sicher sein? Die Stadt ist sehr groß, und viele Menschen kommen vorbei, von hierhin nach dorthin und umgekehrt.« Mit seiner diffus gehaltenen Antwort bot Lopes dem hochmütigen Fatzke die Möglichkeit, ein monetäres Angebot zu machen, über das man dann hätte verhandeln können. Doch der Typ schien nichts zu kapieren. Rein gar nichts.

»Das Mädchen ist übrigens sehr wahrscheinlich in Begleitung eines jungen Deutschen unterwegs, der sehr passabel Klavier spielt. Nach ihm wird in Uruguay gefahndet.«

»Holla! Was hat er, wenn ich fragen darf, verbrochen?«

»Mord. Mord an einem Senator.«

»Gute Güte! Und Sie, junger Mann, sind ein Polizist aus Uruguay?«

Torres war müde und etwas frustriert, weil er sich zum dritten Mal an diesem Tag auf einer falschen Fährte wiederfand.

»Ich bin kein Polizist, agiere privat. Und wohne im *Excelsior*. Falls Ihnen in der Zukunft noch etwas auf- oder einfällt.«

Lopes starrte Torres an. Was für ein Trottel bitte war das? Sollte er, Renato Lopes, die begehrteste Kellnerin, die er je haben würde, an einen blasierten Wichtigtuer ausliefern, ohne auch nur die Andeutung einer angemessenen finanziellen Kompensation? An einen Herren, der im Excelsior wohnte, einem der besten Hotels der Stadt? Das war unglaublich.

»Verstehe. Natürlich. Werde ich machen. Selbstverständlich. Danke – danke für den Anblick dieses wirklich reizenden Mädchens. Ich wünsche Ihnen noch einen erfolgreichen Tag, Herr –«

»Torres. Alfredo Torres.«

»Ich muß schließlich wissen, an wen im Hotel Excelsior ich mich wenden müßte, im Falle, daß mir dieses herrliche Geschöpf doch noch über den Weg läuft...«

Lopes hielt sich eine Hintertür offen. Erst mal nachdenken. Die Sache sacken lassen. Jorge Jega – ein Mörder? Das waren heftige Neuigkeiten. Nicht im Traum hätte er dem dünnen Deutschen so etwas zugetraut.

Fredo verließ, bis auf ein leises Murmeln, beinahe grußlos das Lokal und stieg in die Trambahn, um die nächste Adresse auf seiner Liste abzuklappern. Lopes gönnte sich einen Cognac, um besser nachdenken zu können. War es etwa möglich, daß er unter seinem Dach ein kriminelles Pärchen beherbergte? Ein Pärchen, raffiniert genug, um eine harmlose Fassade vor sich herzutragen? Er beschloß, von nun an seine Schlafkammer, in der er die Abendeinnahmen verwahrte, von innen abzusperren, mit einem zusätzlichen Balken, wie es immer schon vernünftig gewesen wäre.

V

Alfredo Torres an Vincente Alameda,
14. April 1902

Lieber Onkel,
ich arbeite Tag und Nacht und mit System. Leider
hat die Liste mit den zurückliegenden Stellenangebo-
ten bisher nichts ergeben. Jetzt habe ich die Kirchen
eine nach der anderen aufgesucht, um zu erfragen,
ob die beiden in einer von ihnen getraut wurden. Und
ich muß Dir bedauerlicherweise mitteilen, daß dem
so ist. In der Kirche mit dem hochtrabenden Namen
Nossa Senhora da Glória bin ich gestern fündig
geworden. Sie sind seit fast einem Monat verheiratet.
Im Register haben sie sogar ihren Wohnort angege-
ben, leider nicht den aktuellen, nur den in Buenos
Aires, so, als seien sie Touristen. Natürlich bin ich
sofort weiter zum Bezirksstandesamt, dort fand sich
kein Eintrag, was bedeuten würde, die Ehe steht juri-
stisch auf wackligem Fuß. Theoretisch könnten sie
schlau gewesen sein und sich auf einem anderen
Standesamt eingetragen haben, es gibt in dieser Stadt
mehr als zwanzig. Da steht mir noch einiges an
Recherche bevor.
Du könntest mir einen großen Gefallen tun und an
Lucia ein paar Worte richten, des ungefähren Inhalts,

daß ich sie durchaus vermisse und weiß Gott keine
unlauteren Gefühle für meine Cousine hege. Dir wird
sie vermutlich mehr Glauben schenken als mir. Die
Sache macht mir einfach Spaß, und es beglückt mich,
Dir zu Diensten sein zu können. Das Hotel Excelsior
verlangt mir pro Nacht umgerechnet 20 Pesos ab.
Sechzig Prozent deiner monatlichen Zuwendung
gehen also nur dafür drauf. Nun wirst Du sagen, ich
könne billiger und unbequemer wohnen. Gewiß, doch
dadurch, daß ich etlichen potentiellen Informanten
die Adresse des Hotels gegeben habe, bin ich gewissermaßen ans Excelsior gebunden. Das Leben hier ist
teuer, denn die Stadt ist an Schönheit mit Buenos
Aires durchaus zu vergleichen. Wie auch immer –
deine Tochter wird mit neuem Namen sehr wahrscheinlich als Francisca Jega firmieren. Sollte dieses
Faktum etwas an Deiner Absicht, sie in unser Vaterland zurückzuführen, ändern, so bitte ich darum,
mir dies mitzuteilen. Für den Fall, daß sie, sagen wir,
alleine heimkehren soll, hast Du ja, wie Du mir
neulich schriebst, Leute zur Verfügung, die Verantwortung übernehmen können. Ich hoffe, daß ich da
nichts falsch interpretiere. Sei Dir aber bitte bewußt,
daß ich etliches für Dich tun würde, auch wenn ich
mich selbst damit in Gefahr und Zwielicht begäbe.
Herzlich grüßt
Dein Dir sehr ergebener Neffe

Telegramm von Vincente Alameda, Buenos Aires, an Alfredo Torres, Hotel Excelsior, 20. April 1902

Lieber Neffe,
Du sollst sie finden. Du mußt nichts interpretieren.
Finde sie und überlaß alles andere mir.
Gruß, Vincente

VI

Cis meldete sich nun schon den dritten Tag krank. Woran sie leide, wollte Lopes wissen, sie mache in seinen Augen einen ziemlich gesunden Eindruck. Die Kundschaft habe sich bereits beschwert. Wenn sie nicht arbeite, solle sie gefälligst für die Logis bezahlen. Wenn sie sich aufraffen könne, bei der Arbeit ein knöchelfreies Kleid zu tragen, würde sie noch viel mehr Trinkgeld bekommen.

»Ich hasse diese Arbeit, Senhor Lopes. Ich bin kein Tier im Streichelzoo. Es ist eine schweißtreibende und entwürdigende Arbeit.«

»Drei Stunden pro Tag? Du verdienst mehr als jeder Matrose – und beklagst dich?« Lopes duzte Francisca, während er Jorge siezte, wie es üblich war. Umgekehrt hätte Francisca ihn nicht zurückduzen dürfen, ohne ihrem Arbeitgeber den Status eines engen Freundes zu verleihen.

»Es ist einfach so, Senhor Lopes, daß ich für etwas anderes bestimmt bin. Mein Gemüt wird krank. Ist bereits krank.«

»Komm, Mädchen, gerier dich nicht so zerbrechlich. Du wirst es nirgendwo besser haben als hier.« Er senkte die Lautstärke, als er fortfuhr. »Natürlich könntest du weit weniger als drei Stunden arbeiten und dabei das Zigfache verdienen.«

»Wie meinen Sie das?«

Lopes wollte es nur erwähnt haben. Für den Fall, daß Francisca einmal begänne, in neuen Perspektiven zu denken.

»Ist das eine – wie soll ich sagen – unzüchtige und äußerst unverschämte Anfrage?«

»Mädchen, das ist nichts anderes als ein offenes Fenster in eine bequemere Zukunft. Es gibt gewisse Leute, die bereit wären, viel Geld –«

»Genug! Ich will davon nichts hören!« Francisca überlegte, dem Wirt eine Ohrfeige zu verpassen, aber ein wenig Realitätssinn war ihr noch verblieben.

»Gut. Dann wirst du morgen wieder für mich arbeiten. Als Kellnerin. Ansonsten du mir fortan Miete bezahlst. Haben wir uns verstanden, Fräulein?«

»Ich bin kein Fräulein mehr, bin verheiratet.«

»Seis drum! Niemand zwingt dich zu etwas. Tu, was du willst. Und leb mit den Konsequenzen!«

Francisca erwähnte den Vorfall, als Jorge nach Mitternacht zu ihr ins Bett kroch, mit keinem Wort. Er hätte zornig reagiert oder womöglich gar nicht reagiert, und sie wußte nicht, was sie schlimmer gefunden hätte.

Tags darauf erschien sie zum Dienst, schnürte sich die Schürze um und fügte sich in das, was sie als Spießrutenlauf empfand. Dabei trug sie, wie von Lopes empfohlen, ein knöchelfreies Kleid, das sie sich am Nachmittag gekauft hatte. Die Anschaffung zahlte sich prompt aus. Francisca kam sich berechnend vor. Doch so, als habe sie es über Nacht gegen ihren eigentlichen Willen beschlossen, begann sie, Gefallen daran zu finden. Sie legte sich in ihrem Kopf etwas zurecht, zu ihrem Schutz. Zudem wußte sie inzwischen mit ihrer Wirkung auf Männer und deren Reaktionen immer besser umzugehen. Tatsächlich waren die meisten viel weniger gefährlich als befürchtet. Sie hatten ein großes Maul, doch trat man ihnen selbstbewußt entgegen, schrumpften sie zusammen. Sie glichen den Hunden und den Wölfen, konnten Angst riechen; wirklich tapfer waren sie nur im Rudel.

Jorge wollte wissen, wieviel das neue Kleid gekostet habe, ihm war etwas unwohl, weil sie ihn nicht um Erlaubnis gefragt hatte, soviel Geld auszugeben. Das Kleid an sich fand er sehr schön. Daß es von der Länge her gewagt war, schien ihm nicht aufzufallen.

Rio de Janeiro war jetzt, im Spätherbst, am schönsten. Große Schwärme von Rabengeiern zogen durch den Himmel. Jorge dachte daran, bald, wenn er ausreichend Portugiesisch sprach, bei einem der vielen Orchester in der Stadt vorzuspielen, wobei er sich auf Beethoven und Liszt spezialisieren wollte, deutscheste Musik, authentisch von einem Deutschen vorgetragen. Was lag näher, als mit dem eigenen Pfund zu wuchern? Im Innersten spürte er, daß er Wolkenschlösser entwarf.

Renato Lopes war kein von Grund auf schlechter Mensch. Er war gierig und hatte Angst. Beides keine sehr unmenschlichen Eigenschaften. Ein Heiliger zu sein hätte er von sich selbst nie behauptet. Als einzelner Wirt unter vielen konkurrierenden Wirten einer Stadt mit bald 700.000 Einwohnern konnte man sich Edelmut kaum leisten. Und immer mehr Kunden begehrten bei ihm Auskunft, wie es um die moralische Rüstung seiner schönsten Kellnerin beschaffen sei, ob sie ›zugänglich‹ sei, unter gewissen Umständen. Alles andere wäre sonderbar gewesen.

Lopes beschloß, Gier und Angst gleichermaßen zu bedienen. Er teilte Jorge Jega in knappen Worten mit, daß er gekündigt sei und das Zimmer augenblicklich räumen müsse.

Jorge fiel aus allen Wolken und wollte den Grund erfahren, er habe sich doch nichts, rein gar nichts zuschulden kommen lassen.

»Ach? Wirklich nicht?«

»Ganz sicher nicht.«

»Und die Sache in Uruguay?«

Jorge erstarrte. In seinem Gesicht stand Schrecken, ja, pures Entsetzen. Dann senkte er langsam den Kopf, wie um seine Schuld zu gestehen und um Milde zu bitten. Die Geste schien auf Lopes Wirkung zu zeigen. Er beugte sich zu Jega hinunter, flüsterte, es tue ihm außerordentlich leid, doch müsse man auch seine Position verstehen. Er mache sich der Beihilfe schuldig, wenn er in vollem Bewußtsein einem gesuchten Kriminellen Unterschlupf gewähre, so etwas könne er sich als Wirt ganz und gar nicht leisten. Er wolle Jorge aber nicht anzeigen, er sei kein Denunziant und hätte auch nichts davon.

Dann folgte sein Vorschlag: Francisca könne weiter für ihn als Kellnerin arbeiten und im Zimmer wohnen bleiben. Jorge solle sich woanders Arbeit suchen, tagsüber, und spät am Abend dürfe er, in Gottes Namen, über die Hintertreppe zu seinem Frauchen schlüpfen. Offiziell habe er, Lopes, keine Kenntnis davon und könne jederzeit einen Eid auf die Bibel schwören, hintergangen worden zu sein.

Jorge wollte einwenden, daß hier in Brasilien doch gar nicht nach ihm gefahndet werde, aber hundertprozentig sicher war er sich dessen nicht. Wer konnte ahnen, was der sprunghafte und einflußreiche Senator Ortega gerade im Schilde führte?

Jega führte als letztes, recht schwaches Argument für sich an, daß Lopes wohl kaum in naher Zukunft einen adäquaten Ersatz für ihn finden werde. Worauf dieser, halb nachsichtig, halb bedauernd, lächelte und meinte, unter den *Cariocas* (Einwohner Rios) fänden sich brauchbare Pianisten wie Sand am Meer. Die könnten vielleicht nicht alle Beethoven virtuos interpretieren, aber sie beherrschten genug Portugiesisch, um das Publikum zwischendurch mit ein paar Witzen zu erheitern. Daran habe es bei Jorge doch arg gemangelt, am Humor und am Palaver mit den Gästen. Ein Bierlokal sei nun einmal kein Konzertsaal.

»Außerdem – muß ich erst daran erinnern, daß Sie die Stellung jemandem, der sie für sich schon sicher glaubte, noch entrissen haben, weil Sie bereit waren, im ersten Monat für halbes Gehalt zu arbeiten? Das war bestimmt kein moralischer Akt. Moralisch wäre vielmehr, diesen betrogenen Menschen wieder einzustellen. Genau das werde ich tun. Ein begangenes Unrecht korrigieren. Andererseits will ich auch nicht, daß ihr beide mittellos auf der Straße steht. Francisca ist eine hervorragende Kellnerin und kann hier gutes Geld verdienen. Welches ihr in eurer Lage doch gebrauchen könnt. Sind wir uns einig?«

Jega sah keinen anderen Ausweg, ohne seine Frau um ihr Obdach zu bringen. Sein Stolz durfte ihm jetzt nicht im Weg stehen und alles noch schlimmer machen. Jorge nickte und akzeptierte den Vorschlag, trat hinaus auf die Straße und versuchte, seine umherirrenden Gedanken zu ordnen.

Warum bei allen Göttern konnte eine an sich verheißungsvolle Existenz wie die seine so unglücklich verlaufen, nur weil er in einer Vollmondnacht nicht bereit gewesen war, einer fülligen Senatorengattin ein paar Minuten lang gefällig zu sein? Jorge dachte lange nach, ging noch einmal in die Kneipe zurück und fragte Lopes, woher in Gottes Namen er über die ›Sache in Uruguay‹ erfahren habe.

»Ein junger Mann war hier, ein Detektiv aus Uruguay. Er wollte wissen, ob ich weiß, wo ihr euch befindet, aber keine Angst, ich habe euch gedeckt. Kein Wort hat er aus mir herausbekommen.«

»Vielen Dank. Ein Detektiv, sagen Sie?«

»Na, er sagte, er sei kein Polizist, sei privat hier. Also ein Detektiv. Feiner Pinkel und arrogant wie ein Baron. So schnell kommt der nicht wieder.«

»Ich danke Ihnen noch einmal.«

»Keine Ursache. Aber wenn ich einen Rat geben darf: Dieser Mensch hat gezielt nach einem *Pianisten* gesucht. Deswegen – vielleicht sollten Sie es vorläufig mal mit etwas anderem probieren. Auf dem Bau zum Beispiel oder in der Tabakfabrik.«

Jorge wiegte prüfend den Kopf und begriff nicht, daß Lopes bereits begonnen hatte, ihn zu verhöhnen.

VII

(12. Mai)

Drei Wochen später wurde Cis abends auf der Arbeit von einem Stammgast namens Luíz angesprochen. Seinen Nachnamen nannte er so gut wie nie, aus den Prozeßakten weiß man, daß er Kopitz lautete. Der Enkel eingewanderter Österreicher war ein wenig über fünfzig, sehr groß und kräftig, braungebrannt, hatte lockiges rötliches Haar und einen akkurat getrimmten Bart. Fast immer trug er denselben feldgrünen Anzug, bei jedem Wetter, darunter ein orangenes Hemd an geraden, ein violettes an ungeraden Tagen. Er war Cis bisher nicht arg unangenehm aufgefallen, außer daß er sie angestarrt hatte, aber das tat jeder hier, dazu war sie gewissermaßen da. Um angestarrt und begehrt zu werden.

Luíz blieb bis zur Sperrstunde, spendierte der Kellnerin ein Bier und verwickelte sie in ein Gespräch, das sie ihm schlecht verweigern konnte, denn der verwitwete Zahnarzt gab fürstliche Trinkgelder.

»Was macht eigentlich dein Mann, *Argentina*?«

»Sucht Arbeit. Findet aber keine. Die es gibt, sagt er, ist zu gefährlich für seine Finger. Auf dem Bau gäbe es freie Stellen. Aber wie gesagt: ist zu gefährlich für seine Fingerchen.«

»Dann verdienst du für euch beide das Geld?«

»Muß ja.«

»Somit ist dein Mann kein Mann. Folglich bist du gar nicht verheiratet, sondern frei für mich. Ich werde dich versorgen. Gut versorgen.«

»Laß gut sein, Luíz! Schau, hier ist mein Ring, Jorge trägt den gleichen. Er ist mir anvertraut für gute und weniger gute Zeiten – und er wird schon wieder hochkommen.«

Kopitz schnaubte enttäuscht und ahmte ein trauriges, hundeartiges Gejammere nach. Dann kippte er sein Bier in einem Zug hinab und empfahl sich. Beim Verlassen des Lokals entkam ihm ein Schmunzeln. Das schöne Mädchen hatte erst von den Fingern ihres Gatten gesprochen, dann von seinen ›Fingerchen‹. Bald würde sie soweit sein. Er hatte Erfahrung mit enttäuschten Frauen.

Nachdem Cis das Lokal von innen abgesperrt hatte, lief sie zur Hintertür, um den dort wartenden Jorge ins Haus zu lassen. Diese demütigende Prozedur hatte er schon über zwanzigmal hinter sich gebracht, doch war es auch der Moment, an dem er nach einem meist frustrierenden Tag zu etwas Geborgenheit fand, zu einer Art Heimstatt, manchmal auch zu Zärtlichkeit. Bis acht Uhr in der Frühe mußte er das Zimmer wieder verlassen haben. Lopes kontrollierte dies regelmäßig nach, wohl auch in der Hoffnung, einen Blick auf Francisca im Unterrock zu erhaschen. Den Gefallen tat sie ihm nie.

Jorge Jega war dazu verdammt, jeden Tag sechzehn Stunden auf der Straße zu verbringen, sechzehn Stunden Zeit totzuschlagen. Zu Beginn hatte er so eifrig wie hoffnungsvoll eine neue Stelle gesucht, aber die Hürden lagen zu hoch. Er sprach kein Portugiesisch und nicht mal Spanisch völlig fehlerfrei. Er besaß nicht die Statur eines Arbeiters, und jemand, der zum Beispiel den Posten eines Tellerwäschers zu vergeben hatte, käme nicht im entferntesten auf die Idee, ihn mit einem ausländischen Studierten zu besetzen. Nur in den großen Hotels hätte er eine Chance gehabt, dort wurden Leute mit Fremdsprachenkenntnissen hin und wieder gebraucht, um aushilfsweise für Gäste zu dolmetschen. Doch die Bezahlung wäre miserabel gewesen, und er hätte, etwa als Küchenhilfe, zwölf Stunden pro Tag Gemüse zerkleinern müssen, wofür er sich, bei aller Verzweiflung, noch immer zu schade war.

Schließlich hatte er aufgegeben und andere Möglichkeiten gesucht, die Zeit ohne Cis erträglich zu gestalten. In der riesigen Stadtbibliothek lieh er Bücher aus, legte sich an den Strand, versuchte, sich mit Hilfe eines Wörterbuchs und einer Grammatik Portugiesisch beizubringen. Und Notenpapier hatte er sich gekauft, um kleine Orchesterskizzen zu schreiben, für eine Oper, die ihm vage vorschwebte.

Ob er Talent zum Komponieren hatte, wußte er noch nicht, aber es half ihm, von einer glorreicheren Zukunft zu träumen und sich ein wenig Würde zu bewahren. Am Strand gab es Clubs, schnell gezimmerte Hütten, in denen man sein Glück erwürfeln konnte. Bald mußte er einsehen, daß dies nicht vorgesehen war. Wenigstens mit dem Winterklima in Rio konnte er als Halbtagsobdachloser zufrieden sein, es gab nicht mehr so viele

Gewitter, man mußte nur noch selten schwitzen und so gut wie niemals frieren.

Daß Francisca das Geld erwirtschaftete und Jorge von ihr abhängig war, verletzte seinen männlichen Stolz. Zudem sah er sich andauernd um, ob ihn auf der Straße nicht irgendein gesichtsloser Detektiv verfolgte. Am Strand, wo er sich eigenartigerweise sicher fühlte, lernte er Schwimmen. Wenn Cis ihn am Abend fragte, was er unternommen hatte, erfand er alle möglichen Geschichten, um nicht als Faulpelz und Nichtsnutz dazustehen. Meistens gingen die beiden sofort zu Bett, denn sie benötigten die ihnen gegönnten sieben Stunden Schlaf dringend. Als wären sie schon seit vielen Jahren Mann und Frau.

Es kam vor, daß Renato Lopes nach dem Frühstück seine lungenkranke Mutter besuchte, die in einem Vorort wohnte. Dann konnte Jorge am Vormittag das Klavier benutzen und seiner Frau etwas vorspielen, aus der Oper, von deren Existenz er nur Andeutungen machte, aus Angst, sie könne das als Spielerei und Zeitvergeudung abtun. Es gab da eine recht schöne Sopran-Arie, die er an den Schluß stellen wollte, noch fehlte ihm der Text, aber die Melodie machte was her, und Cis sang, durchaus beeindruckt von seiner Musik, eine Vokalise dazu. Ein Moment raren Glücks war das, eine Insel der Hoffnung.

VIII

Alfredo Torres hatte seine Liste abgearbeitet und be-
fürchtete, die Gesuchten könnten sich ins Landesinnere
oder noch viel weiter abgesetzt haben. Aber wozu hätten sie das tun sollen? Woher sollten sie Wind davon bekommen haben, daß jemand ihnen auf den Fersen war?

So, wie Fredo seine vergnügungssüchtige Cousine
kannte, wollte er nicht glauben, daß sie das einmal erreichte Rio ohne klare Bedrohung gegen eine viel weniger attraktive Stadt eintauschen würde. Und im Umkreis
von tausend Meilen gab es nur deutlich weniger attraktive Städte.

Es wurde für Fredo immer schwieriger, sich seinem
Onkel gegenüber zu rechtfertigen. Der forderte Ergeb-
nisse ein und mochte nicht glauben, daß seine Tochter
in Brasiliens Kapitale nicht sofort Stadtgespräch geworden sei.

Die immer naschsüchtigere Lucia schrieb ihrem Verlobten lange, nörgelige Briefe, die er mit den üblichen
Beschwichtigungsfloskeln beantwortete. Bald kam sich
Fredo mehr als Verfolgter denn als Fahnder vor, und
ihm dämmerte, daß er Lucia nie heiraten würde, niemals, es sei denn, man zwänge ihn mit Waffengewalt.
Notfalls mußte er in die USA emigrieren, wofür er sich
seit Monaten englischen Wortschatz aneignete und sein
Angespartes auf Auslandskonten verschob.

Solange er für seinen Onkel tätig war, gab es keinen eleganten Ausweg, es sei denn, Lucia zu töten und es wie einen Unfall aussehen zu lassen. Daß er an derlei Extremes dachte, wenn auch nur hypothetisch, erschreckte ihn, aber schließlich waren es nur Gedankenspiele, Ausritte der Fantasie, absolut natürlich für jemanden, dem lebenslanges Unglück drohte.

Von Jorge Jega besaß Torres keine Fotografie, nur das gezeichnete Phantombild aus dem Steckbrief, mit dem in Uruguay nach ihm gefahndet wurde. Das war, um es milde auszudrücken, kein präzises Kunstwerk. Torres verglich alle möglichen Männer, die ihm über den Weg liefen, mit diesem Bild. Einige Male fand er die Ähnlichkeit alarmierend, dann observierte er den Betreffenden stundenlang, wobei ihm schmerzhaft bewußt wurde, wie begrenzt seine Aktionskompetenz doch war. Im Falle des Erfolgs würde er seinem Onkel telegrafisch Mitteilung machen, der würde seine Leute schicken – aber wie lange würde es dauern, bis sie hier eintrafen und tätig werden konnten? Etliche Tage mindestens. Für Fredo stand fest, daß er so lange nicht warten, sondern selbst aktiv werden würde. Er trug eine geladene Pistole bei sich, was ihm als Ausländer verboten war; er riskierte eine hohe Geldstrafe plus Abschiebung, falls er in eine Kontrolle geriet.

Das alles zusammengenommen, gab es nur eine einzige plausible Erklärung, warum er hier war und tat, was er tat. Er wollte Francisca, wollte sie für sich, wahrscheinlich liebte er sie, und die schlau-paranoide Lucia hatte am Ende recht gehabt, als sie ihm vorwarf, unter einer fixen Idee zu leiden. Zum tausendsten Mal holte Fredo aus der Innentasche seiner Anzugjacke den Handschuh, den Cis ihm vor ihrer Flucht geschenkt hatte. Er roch fast nicht mehr.

IX

Ende Mai kam es zu einem heftigen Streit zwischen den Eheleuten. Cis hatte nun sechs Wochen lang alleine für den Broterwerb gesorgt, ohne daß Jorge auch nur eine Kupfermünze beigesteuert, geschweige denn sich eine Anstellung verschafft hatte. So viel Pech konnte es ihrer Meinung nach nicht geben, er müsse eben auch mal ein paar kleinere Tätigkeiten annehmen, vielleicht sogar seiner Meinung nach ›unwürdige‹ Tätigkeiten. Hauptsache, sie werde irgendwann entlastet, und er läge nicht länger faul am Strand herum. Es sei nicht gottgefällig, was hier geschehe.

Man muß erwähnen, daß Gott in Franciscas Plänen sonst selten eine Rolle spielte.

Jorge schlug vor, die Stadt zu wechseln, weit wegzufahren, wo er wieder als Pianist arbeiten und gutes Geld verdienen könne, aber das wollte Francisca nicht, ihr gefiel es hier. Warum, verdammt, er denn nicht in Rio als Pianist arbeiten könne? Er starrte sie verständnislos an, ein schweres Mißverständnis klärte sich auf, anders gesagt, eine Unterlassungssünde offenbarte sich. Jorge hatte seiner Frau nie erzählt, daß ein Detektiv aus Uruguay im Hause gewesen war und sich nach ihnen erkundigt hatte.

Francisca machte große Augen, aber Jorge beruhigte sie. Der Wirt sei loyal geblieben, habe geschwiegen und den Detektiv fortgeschickt.

Sie hörte sich die ganze Geschichte an und dachte nach. Dann meinte sie, diesen Detektiv aus Uruguay habe es wahrscheinlich nie gegeben, den habe Lopes erfunden, um sich einen Vorwand zu verschaffen, Jorge an die Luft zu setzen.

»Aber woher wußte Lopes dann von ›der Sache in Uruguay‹, wie er es nannte?«

»Was weiß ich? Irgendeine Zeitung aus Montevideo ... Keine Ahnung! Und warum Uruguay? Mein Vater würde bestimmt Landsleute nehmen. Dieser Detektiv wäre also gar nicht wegen uns hier, sondern nur wegen – dir. Wegen deines blöden Duells mit diesem Senator.«

»Nein, er hat Lopes *dein* Foto gezeigt. Behauptet er jedenfalls. Es schien diesem Detektiv mehr um *dich* zu gehen als um uns oder mich.«

Cis schüttelte verwirrt den Kopf. Für den Moment gab sie Ruhe. Dann fragte sie, ob Jorge sich von Lopes einen Namen oder eine Beschreibung dieses angeblichen Detektivs habe geben lassen.

Er verneinte, und zum ersten Mal fiel ihm auf, daß dies vielleicht nützlich gewesen wäre.

X

Luíz Kopitz sah die Zeit für gekommen, um sich mit
Francisca wieder einmal über erotische Planspiele aus-
zutauschen. Dieses Mal wartete er nicht auf den mitter-
nächtlichen Zapfenstreich, nein, er wartete, bis Jorge
Jega um acht Uhr morgens das Haus verlassen hatte.
Zusammen mit Lopes drang er unter Gepolter in Franciscas Zimmer ein, und die so ankündigungslos Über-
fallene griff nach einem Brotmesser, um sich zu verteidigen. Lopes und Kopitz winkten ab, sie wollten nur mit
ihr reden, und das taten sie dann auch, allerdings traten
sie ihr dabei in mehrerlei Hinsicht sehr nahe, bedräng-
ten sie mit ihrem schlechten Atem und sprachen über
wenig damenhafte Dinge. Mehr oder minder bemüh-
ten sie sich, ihr darzulegen, wieviel sie womit bei wem
verdienen könne. Daß sie bereit seien, ihr für läppische
zehn Prozent viele Kontakte zu knüpfen, wodurch sie in
Kürze reich und glücklich wäre und schon in fünf Jahren in den Ruhestand treten könne. Es sei absurd und
verschwenderisch, ein solches Geschenk der Natur, sie
betatschten sie dabei, auszuschlagen und sich stattdessen als ordinäre Kellnerin jahrzehntelang abzuplagen.
Bis dahin waren das gutgemeinte und plausible Argu-
mente, die man mit klarem Verstand, so glaubten Lopes
und Kopitz, eigentlich nicht ignorieren oder ablehnen
konnte, die man wenigstens bedenken mußte, und sei

es aus purer Höflichkeit. Stattdessen holte Francisca aus und fügte Luíz eine klaffende Wunde auf der rechten Wange zu.

Im Moment darauf war alles möglich. Die beiden Männer hätten die zartgliedrige junge Frau mühelos überwältigen, vergewaltigen oder töten können. Doch zogen sie sich erschrocken zurück und beschlossen, mit einer bösartig Verrückten keine Geschäfte zu machen. Wenigstens nicht solche. Vielleicht ein anderes.

Die Wunde war nicht allzu schlimm, sie würde heilen und vernarben, und Luíz Kopitz würde irgendwann behaupten können, es handele sich um einen Schmiß aus seiner Studentenzeit. Trotzdem fuhr er jetzt erst einmal aufs Land, um niemandem allzuviel erklären zu müssen. Er war wütend, doch hatte der Mut dieses sperrigen Mädchens auch Eindruck hinterlassen. Seine Leidenschaft für sie war eher noch stärker geworden.

Francisca hatte einen ganzen Tag lang Zeit, nachzudenken, wie sie sich verhalten wollte. Sie beschloß, ihrem Mann nichts zu sagen und so zu tun, als sei nichts passiert. Im Grunde war nicht viel passiert, und sie mußte froh sein, wenn Kopitz sie nicht wegen Körperverletzung anzeigte. Sie war von sich selbst sowohl überrascht wie schockiert, hätte sich eine so entschlossene Tat niemals zugetraut, schon allein, weil ihr vom Anblick von Blut schnell übel wurde. Das Messer, mit solcher Wucht geführt, hätte Kopitz die Kehle aufschlitzen können.

Ein paar Blutstropfen waren auf dem Fensterbrett gelandet. Francisca holte einen Lappen aus dem Bad und wischte sie weg. Und dachte: Schade, daß ich dieses Bild, zwei rote Tropfen auf weißem Lack, nicht festhalten kann, als Andenken.

Währenddessen war Renato Lopes vollends davon überzeugt, daß sich unter seinem Dach zwei gefährliche Kriminelle befanden, die sich harmlos gaben, aber kein Mitleid verdient hatten. Er setzte sich und schrieb einen Brief.

XI

Für Fredo begann der Tag, es war der 10. Juni 1902, mit einem üppigen Frühstücksbuffet auf der Hotelterrasse, danach ließ er sich einölen und massieren. Es kam noch besser, denn ein Page reichte ihm, stilvoll auf einem Silberteller, den Expreßbrief, der eben am Empfang abgegeben worden war.

Sehr geehrter Herr Alfredo Torres,
falls Sie sich noch in Rio befinden bzw. im Hotel
Excelsior, lesen Sie gerade diesen Brief und empfangen
hiermit meinen Gruß. Sie waren vor etlichen Wochen
bei mir und haben mich nach einem gewissen Mäd-
chen gefragt. Ich konnte Ihnen damals nicht behilflich
sein. Eventuell könnte ich es nun, denn ich meine zu
wissen, wo sie sich im Moment befindet. Allerdings
habe ich Abwägungen moralischer Natur zu treffen,
von daher muß ich Sie offen fragen, wieviel Ihnen die
Mitteilung über den Aufenthaltsort dieses Mädchens
wert wäre. Da ich aus guten Gründen vorerst noch
anonym bleiben möchte, richten Sie Ihre Antwort
bitte an folgende Adresse...

Fredo sprang auf, duschte das Massageöl ab und lief zum nächsten Telegrafenamt.

**Telegramm von Alfredo Torres an
Vincente Alameda, 10. Juni 1902**

*LIEBER ONKEL stop ANONYMER INFORMANT
FRAGT HÖHE HONORAR FÜR AUFENT-
HALTSORT FRANCISCA stop WIEVIEL KANN
ICH ANBIETEN? stop GRUSS FREDO*

Er war aufgeregt, sein Herz klopfte schnell. Es konnte
eine Finte sein, er mußte aufpassen, doch irgendein
unbenennbares Gefühl versprach ihm Hoffnung. Die
Antwort des Don traf bereits nach sechs Stunden ein.

**Telegramm von Vincente Alameda an
Alfredo Torres, 10. Juni 1902**

*BIS 2000 PESOS stop WEISE DIR GELD NOCH
HEUTE AN stop LASS DICH NICHT ÜBERS
OHR HAUEN ODER BERAUBEN stop GRUSS
VINCENTE*

Fredo besah sich die Adresse, die der Denunziant ange-
geben hatte. Es war ein öffentliches Postfach, das man
tageweise mieten konnte. Er schrieb einen kurzen
Brief.

*Sehr geehrter Unbekannter, ich bin durchaus interes-
siert. Wären Sie mit einer einmaligen Zahlung von
500 argentinischen Pesos einverstanden? Dann nennen Sie mir einen Treffpunkt, zeigen Sie mir den Ort
bzw. die Person. Sobald ich ihrer ansichtig werde und*

sie zweifelsfrei die Gesuchte ist, übergebe ich Ihnen
das Geld. Antworten Sie bitte schnell!

Gruß, Alfredo Torres

Ein Hotelpage nahm den Brief aus Fredos Hand und
brachte ihn zur Post.

XII

Jorge saß allein mit ein paar Büchern am Strand und sah hinüber nach Europa. Reichte sein Blickfeld auch nur wenige Kilometer weit hinaus aufs Meer, überquerte die Sehnsucht nach dem alten Kontinent doch leicht den ganzen Ozean. Er stellte sich vor, wie er, schwimmend, irgendwo in Frankreich ankäme, dem Wasser entstiege und, buchstäblich nackt, ein neues Leben begänne, mit einem neuen Namen und einer neuen Zukunft. In Deutschland, diesem großartigen Land mit seinen über hundert Opernhäusern.

Er war noch etwas verstimmt und verstört wegen der Vorwürfe, die Cis ihm an den Kopf geworfen hatte, vor allem, weil er ihr zustimmen mußte. So, wie es jetzt war, ging es nicht weiter. Er ahnte noch nicht, wie fragil dieses Jetzt bereits geworden war und daß er sich schon bald danach zurücksehnen würde.

Hingegen wußte er nun, worum sich seine Oper drehen mußte. Natürlich um eine Frau. Große Opern drehten sich immer um bemerkenswerte Frauen, er würde seine eigene Geschichte erzählen, zum Glück gab es seines Wissens nach noch keine Oper, die FRANCISCA hieß. Obwohl – so durfte er sie nicht nennen, bestimmt nicht, wenigstens nicht, solange Francisca noch lebte. CLARISSA. Clarissa war auch ganz schön. Gut. Er hatte einen Titel. Und er begann, Franciscas/Clarissas Wesen in Musik zu übersetzen. Es mußte eine Klangsprache sein, die quirlig und elegant, auch hochnäsig-grell und ein wenig bläulich-violett war. Bläulich-violett? Manchmal verstand er nicht mehr, was er sich wenige Stunden zuvor in sein Sudelbuch notiert hatte. Gis-Moll war eine Tonart, die zu Cis paßte. Fand er. Warum, das hätte er nicht präzise zu begründen vermocht. Er dachte zuviel nach, hatte den Verdacht, zuviel nachzudenken, er glaubte, große Künstler würden es nicht nötig haben, lange nachzudenken, große Künstler machten, was nötig und gut war, aus dem Bauch heraus. Anders ausgedrückt: Jega glaubte nicht wirklich an sein Können, obschon nichts so wichtig gewesen wäre. Er gehörte zur Generation von Musikern, die durch das Phänomen Richard Wagner gleichermaßen euphorisiert wie gelähmt worden waren. Neben Ihm schien alles kleinwüchsig, irgendwie lächerlich. In den neunzehn Jahren seit Wagners Tod war, bis auf wenige Ausnahmen, musikalisch nichts von nur annähernd vergleichbarer Wirkung geschaffen worden. Und nun sollte ausgerechnet *er* kommen und irgendetwas großartig Neues von Bedeutung in die Welt setzen? Etwas, das viel Schweiß kosten und grausame Enttäuschungen mit sich bringen würde?

Über all das mit Francisca zu reden schien unmöglich. Sie würde kein Wort davon verstehen, war nicht die passende Frau für einen Künstler. Wobei er vielleicht gar kein Künstler war, sondern ein arbeitsscheuer Pianist ohne Lohn und Brot. Nur ein, im wahrsten Sinne des Wortes, gestrandeter Klavierlehrer, der auf das Meer hinaus – und nichts als eine blaugrüne Mauer sah.

Francisca, die sich in der Tat kaum ansatzweise hätte vorstellen können, was und wieviel in Jorge gerade vorging, und auch nicht gewußt hätte, ob sie darüber weinen oder lachen sollte, war bei der Morgentoilette, hatte sich die Haare gewaschen, öffnete das Fenster und trank Orangensaft, während sie mit einer Pinzette ihre Beine enthaarte. Jemand klopfte an der Tür.

Sie zögerte, wollte allein sein, ging dann doch und schob den Riegel beiseite. Sah Fredo ins grinsende Angesicht, stieß einen Schrei aus – und warf die Tür sofort wieder zu. Preßte sich gegen das Holz, drehte den Schlüssel im Schloß, zitterte vor Aufregung und überlegte, aus dem Fenster zu springen, drei Meter hinab auf das steinerne Pflaster.

Fredo rief, aber so leise man überhaupt rufen kann, ihren Namen. Daß er nichts Böses wolle, versicherte er. Und rief immer wieder ihren Namen, jedes zweite Mal mit dem angehängten Nachnamen. Francisca! Francisca de Alameda! Sie hielt sich die Ohren zu, dann entschied sie sich plötzlich um, ließ ihren Cousin herein, es schien auf Dauer nicht zu vermeiden, doch hielt sie theatralisch das bereits erprobte Brotmesser in seine Richtung.

Fredo machte Gesten, die beschwichtigen sollten, und er fand die richtigen Worte, damit sie sich fürs erste beruhigte.

»Leg das Messer weg, Cousine, ich bitte dich, was soll das? Laß uns reden. Reden hat noch niemandem geschadet. Hinterher haben wir uns ausgetauscht und wissen mehr voneinander. Wir sind verwandt, wir zwei, wir sollten uns auch so verhalten, findest du nicht? Wirf dieses dumme Messer bitte zum Fenster hinaus oder leg es wenigstens neben dich. Niemand will dir etwas antun, danke sehr!«

Cis gehorchte, legte das Messer aufs Fensterbrett, behielt es aber in Reichweite.

»Was machst du, und was willst du hier?« Es war eine rhetorische Frage, Francisca wußte, was er wollte, aber er sollte irgend etwas sagen, statt sie dauernd so schmunzelnd und siegestrunken anzustarren.

»Dein Vater hat mich geschickt, um nach dir zu suchen. Jetzt, da ich dich gefunden habe, soll ich dir ausrichten, daß du heimkommen sollst. Er wird dir verzeihen, und alles wird sein wie vor deiner Abreise.«

»Ich bin verheiratet, Fredo.«

»Ist mir bekannt. Nur kirchlich, wenn ich das hinzufügen darf. Das soll jetzt weiß Gott nicht blasphemisch klingen, aber wenn man die Urkunde, die kaum prächtiger aussehen dürfte als die Quittung für den Kauf einer Hose – wenn man diese Urkunde verfeuert oder auch nur zerreißt, seid ihr gleich nicht mehr verheiratet. Oder, um es anders auszudrücken: Man könnte euch nichts mehr nachweisen.«

Francisca hörte ihm zu und wunderte sich über die Sanftheit seines Tonfalls, sein höfliches Auftreten.

»Wir lieben uns, Fredo. Gott im Himmel weiß, daß wir Mann und Frau sind. Tag und Nacht.«

»Über letzteres würde dein Vater gnädig hinwegsehen. Man könnte den Makel aus der Welt schaffen, auf die eine oder andere Weise. Derlei kommt in den besten Familien vor. Entschuldige die Phrase, ich habe verstanden, daß du Redensarten an mir nicht schätzt, auch wenn diese angeblichen Gemeinplätze einmal natürliche Sätze waren, denen man ihre Beliebtheit schlecht vorwerfen kann. Ich danke dir übrigens von Herzen für den Handschuh, der zwar keinen vollwertigen Ersatz für mein Begehren bot, aber mein Leiden doch zu lindern wußte.«

Cis konnte nicht anders, sie mußte lachen. Fredo hatte sie noch nie mit irgendetwas zum Lachen gebracht.

»Was geschieht jetzt? Ich denke nicht daran, Jorge zu verlassen. Du hast keinerlei Handhabe gegen mich.«

»Ja, richtig, nicht hier in Brasilien. Nicht offiziell. Was jetzt geschieht? Ich weiß es nicht. Aber ich zähle mal eine Möglichkeit auf, ein Szenario. Dein Vater ist informiert und unterwegs hierher, mit ein paar finsteren Gesellen im Gefolge. Da es hierzulande nicht die Möglichkeit einer Scheidung gibt, dein Vater aber niemals diesen Klavierspieler als seinen Schwiegersohn anerkennen wird, begrenzt sich der Spielraum naturgemäß. Natürlich kann ich dich nicht an einen Stuhl fesseln oder Hand an dich legen, du könntest demnach mit deinem Gatten erneut fliehen, irgendwohin, bis man euch erneut findet, und dann bin wahrscheinlich nicht ich es, der sich an dich wendet, dann ist es ein finsterer Geselle, der sich an deinen Gatten wendet, in viel weniger freundlichem Tonfall, als ich es tue, hier und heute.«

Das war deutlich. Francisca wußte, daß es sich um keine leere Drohung handelte. Wahrscheinlich würde es so kommen, es sei denn, Jorge ließ sie hier zurück, brachte sich in Sicherheit und man fackelte die Urkunde ab, die wirklich keinen großen Eindruck machte. Aber etwas in Fredos Stimme klang geschmeidig und beinahe – verständnisvoll. Bedauernd.

»Du hast mir *ein* Szenario geschildert. Gibt es noch ein anderes?«

Fredo, der die ganze Zeit mit verschränkten Armen zwischen Tür und Waschbecken gestanden hatte, rieb nun sein rechtes Ohrläppchen, wie immer, wenn er vorgab, über irgendetwas zu grübeln.

»Liebe Cousine, auf dieser schönen Welt, in dieser schönen Stadt, ist manches möglich. Es ist nur unterschiedlich wahrscheinlich.«

»Was heißt das?«

»Gesetzt den Fall, daß ich diese Zeit hier, auf der Suche nach dir, genossen habe und genieße und bedauere, daß sie nun vorbeizugehen droht... Gesetzt den Fall, daß ich bereit wäre, mich selbst in große persönliche Gefahr zu bringen, indem ich das in mich gesetzte Vertrauen deines Vaters, meines Onkels, mißbrauche und riskiere, daß mir seine Gunst entzogen wird. Für diesen Fall, daß ich ihn auf halber Strecke zurückpfeife und euch in eurem beschaulichen kleinen Glück nicht weiter störe, damit ihr gemeinsam alt und faltig werden mögt. Was, liebe Cousine, wärst du für dieses Entgegenkommen bereit zu tun?«

»Was willst du von mir?«

»Ich wollte damals nicht viel, eine Kleinigkeit, du erinnerst dich wohl noch. Heute geht es um etwas mehr...«

»Sag es klipp und klar!« Francisca wünschte insgeheim, er würde sich besonders derb ausdrücken, eigenartigerweise hätte sie das erregt. Vor wenigen Wochen noch nicht, jetzt aber schon.

»Du müßtest meine Geliebte werden.«

»Schlag dir das aus dem Kopf!«

»Nur für eine begrenzte Zeit. Eine Woche lang. Eine Woche lang kommst du am Nachmittag zu mir ins Excelsior, für zwei, drei Stunden. Ich würde deinem Vater telegrafieren, daß ich mich geirrt habe, daß ich einer Falschmeldung aufgesessen bin, daß es keinen Sinn und Nutzen hat, sich herzubegeben. Ich genieße dich sieben Tage lang, dann reise ich ab. Ihr zwei könnt danach tanzen gehen oder Kinder zeugen oder verschimmeln, das ist mir einerlei, denn wir würden uns nie wiedersehen, das schwöre ich feierlich und auf die Bibel. So. Das ist das Szenario, in dem unser armer Klavierspieler überleben und irgendeines schönen Tages sogar Großvater werden könnte. Es liegt bei dir. Denk gut nach und triff deine Entscheidung. Komm morgen nachmittag um zwei Uhr zu mir ins Hotel Excelsior, Zimmer 237. Oder komm nicht, dann kommt alles andere... anders. Sag jetzt nichts. Gar nichts. Ich gehe. Ohne dich anzurühren. Wir sehen uns, verehrte Cousine.«

Elegant schlüpfte Fredo zur Tür hinaus und schloß sie leise, wie ein nächtlicher Dieb. Schon in diesem Augenblick wußte Francisca Alameda, wie sie sich entscheiden würde. Man fällt solch wichtige Entscheidungen meist sehr schnell, macht sich oft nur vor, lange zu schwanken, um vor sich selbst nicht als leichtfertig dazustehen.

XIII

Jorge Jega hatte an diesem Tag einige musikalische Skizzen geschrieben, mit denen er seine Frau beziehungsweise die Hauptrolle seiner künftigen Oper CLARISSA charakterisieren wollte. Wenn er die Noten Korrektur las und mit dem inneren Ohr hörte, war ihm der Gedanke unangenehm, Francisca, sei es auch unter falschem Namen, sei es auch musikalisch, gleichsam vor der Welt bloßzustellen. Er begann, Clarissa ein paar Eigenschaften und Farben mitzugeben, die sie deutlich von der realen Francisca unterschieden. Clarissa wurde etwas duldsamer, toleranter, weniger wehleidig, dafür gebildeter, empathiefähiger. Plötzlich wurde ihm klar, wieviel er an ihr geändert hätte, wäre er aus Versehen für eine Stunde in den Stand einer Gottheit erhoben worden. Was genau liebte er an ihr? Oder war es keine Liebe, war es das andere, das Fleischliche? Seine Liebe für Cis fühlte sich enorm stark an und ›echt‹ – was immer das Adjektiv in diesem Zusammenhang bedeuten mochte.

Auf all diese Gedanken kam er wegen einer Illustrierten, die er im Sand gefunden hatte.

LIEBEN SIE IHRE FRAU? lautete der Aufmacher. Die dazu befragten Experten sagten, daß echte Liebe bedeute, zweimal mit Ja auf folgende Fragen zu antworten.

Erstens: *Wären Sie bereit, für Ihre Frau zu sterben?*

Zweitens: *Wären Sie bereit, für Ihre Frau zu töten?*

Alles andere seien, so die Herren Experten (Damen wurden nicht befragt), triviale, unheilige Formen der Liebe, mehr oder minder nur Anziehungskräfte diverser Art, Liebeleien, Poussagen, Maßnahmen zur Triebbefriedigung oder schlicht Affinitäten wie die zum Haustier, eine Form der niederen Liebe, die, übertrieben ausgeübt, nicht heilig wird, sondern krankhaft.

Jorge Jega stellte sich beide Fragen. *Wären Sie bereit, für Ihre Frau zu sterben?*

Ja. Wenn nur einer von zweien überleben kann, sollte jeder Gentleman der Frau den Platz am Licht überlassen, dazu mußte man ja nicht einmal verheiratet sein, dazu genügte eine beliebige Seenot mit zu wenigen Rettungsbooten.

Und: *Wären Sie bereit, für Ihre Frau zu töten?*

Um was zu erreichen? Wenn es das einzige Mittel ist, um meiner Frau das Überleben zu sichern, dann selbstverständlich, dergleichen nennt man Notwehr. Welchen vernünftigen Grund gäbe es sonst, um für das Wohl der Frau einen Dritten zu töten? Die Frage tendiert wohl eher dahin, ob ich etwas tun würde, das mich selber ins Zuchthaus oder auf den Richtplatz befördern könnte, während es *sie* davor bewahrt. Selbstverständlich. Wenn es die Sache wert ist. Beziehungsweise die Person. Meine Frau ist sicher alles wert.

Obwohl also beide der so bedeutsamen Fragen positiv beantwortet wurden, war sich Jorge auch am Abend, als er kurz nach Mitternacht Franciscas Zimmer betreten durfte, noch nicht hundertprozentig sicher, ob seine Liebe nun echt und heilig war oder eine maßlos verklärte Triebbefriedigungsmaßnahme. Zu so später Stunde wollte er ein derart hochkomplexes Thema nicht mehr anschneiden, geschweige denn diskutieren, er näherte sich seiner Frau deshalb wortlos und versuchte, erwähnte Maßnahme einzuleiten, was Cis ihm harsch verweigerte. Sie sei nicht in Stimmung, und daran werde sich wohl erst etwas ändern, wenn er mit einer Erfolgsmeldung nach Hause käme. Sie drehte sich weg, löschte die Kerze aus und schlief ein. Du liebe Güte, dachte Jorge und lag noch lange wach.

XIV

Dreizehn Stunden später stand Francisca Alameda vor der Tür mit der Zimmernummer 237 im Hotel Excelsior. Daß sie herkommen mußte, war selbstverständlich, alles andere wäre unverzeihlicher Passivität gleichgekommen, einer Quasi-Resignation. Unternehmen mußte sie unbedingt etwas. Entweder galt es, ein ungeheures, bedeutendes Opfer zu bringen für den vom Tode bedrohten Gatten, oder sie konnte versuchen, ihre frauliche Ehre zu bewahren und Alfredo, unter viel Geschrei und Tränen, umzustimmen.

Aber welche Worte und wieviele Tränen konnten ihn dazu bringen, seine erotischen Wünsche hintanzustellen, zugunsten von – gar nichts?

Eine solche Wendung lag, wie Cis sich eingestand, in einem etwas ferneren Bereich des Wahrscheinlichen. Dann lieber heroisch sein und zum Selbstschutz in die Rolle der Gleichgültigen schlüpfen, die etwas Lästiges und Unvermeidliches hinter sich bringt, weil es zu geschehen hat, so widerlich es immer ist.

Francisca hatte beschlossen, das Ganze als Selbstversuch zu betrachten, inwieweit sie fähig sein könne, ihre Grenzen zu überschreiten, wie es im Krieg für Frauen manchmal bittere Notwendigkeit ist, oder bei weiblichen Spionen, die für das Vaterland wichtige Erkenntnisse nur über das Bett erlangen können. Auf eine gewisse, eher unterbewußte Art war sie sogar ein wenig neugierig, was geschehen würde, ob und wie es ihr gelänge, sich selbst zu betrügen, um den Schmerz auf ein erträgliches Mindestmaß zu reduzieren. Und vielleicht – vielleicht ergab sich ja, sobald sie sich mit Fredo in einem Raum befand, eine ganz neue, ungeahnte Möglichkeit.

In jedem Fall mußte sie jetzt ans Kirschholz dieser Tür klopfen und auf Zuruf die Klinke herunterdrücken. Sie zögerte es noch ein paar Sekunden hinaus.

Wie sollte sie sich ihrem Vergewaltiger präsentieren? Den ganzen Vormittag hatte sie überlegt, wie sie es anstellen konnte, um möglichst wenig Würde einzubüßen. Dies war in ihrer Vorstellung der Fall, wenn Fredo möglichst brutal und usurpatorisch wirkte. Also wollte sie sich mit beiden Händen auf seinen Schreibtisch stützen, sich den Rock auf den Rücken werfen und sich ihm darbieten.

Später gefiel ihr an dem Plan nicht mehr, daß sie Fredo dabei ständig den Rücken zukehren würde. Er sollte vielmehr *ihr* in die Augen sehen müssen. Vielleicht bekam er Hemmungen und bereute sein Treiben spontan. Oder sein Glied würde ihm nicht zur Verfügung stehen, aus moralischem Abscheu vor sich selbst. Vielleicht.

Besser und bestimmt auch bequemer wäre, sich auf sein Bett zu legen, tote Frau zu spielen und alles widerstandslos mit sich geschehen zu lassen.

Das Holz hallte unerwartet laut, als sei es ganz dünn. »Herein!«

**Alfredo Torres, Rio, an Vincente Alameda (B.A.),
16. Juni 1902**

Lieber Onkel,
leider hattest Du mit deinem Instinkt mal wieder
recht, es war der billige Versuch von ein paar krimi-
nellen Subjekten, mir eine Anzahlung zu entlocken
und damit abzuhauen, kurz: ein Schlag ins Wasser.
Nichts Neues also. Ich bleibe dran. Deinen Scheck
werde ich selbstverständlich nicht anrühren, ich
meine: einlösen. Es tut mir sehr leid, in Dir eine
Hoffnung erweckt zu haben, die jetzt wieder herbe
enttäuscht werden mußte. Doch meine Hoffnung
bleibt, daß Du mir weiterhin vertraust und mir die
vorschnelle Erfolgsmeldung verzeihst.
Von ganzem Herzen grüßt Dich Dein Neffe
Fredo

Francisca betrat das Zimmer, sah ihren Cousin auf dem
Balkon sitzen, im hellen Sonnenlicht, nur mit einem
Bademantel bekleidet. Er machte keine Anstalten, sich
zu erheben, sah nicht einmal her zu ihr, sondern nippte
an einem seltsam grünlichen Getränk, am Glasrand mit
Früchten verziert.

Schnell durchquerte sie die Suite, am Doppelbett
vorbei. Grußlos, mit zur Schau gestellter Verachtung,
stellte sich Cis neben Fredo auf den Balkon und vermel-
dete in kühlem, fast soldatischem Tonfall, hier sei sie
nun, bereit, sich zu fügen. Sich zu opfern, wollte sie erst
sagen, aber das hätte in ihren Ohren zu erniedrigend
geklungen, sie wollte es neutraler ausdrücken.

Fredo ergriff ihre rechte Hand und küßte jeden ihrer Finger, bis auf den Daumen.

»Setz dich zu mir, Cousinchen, trink etwas, du wirkst verspannt auf mich.«

»Ich will nichts trinken, ich will, daß du tust, was du vorhast. Damit ich wieder gehen kann.«

»Es wäre sicher nichts dagegen einzuwenden«, meinte Fredo jetzt und sah ihr zum ersten Mal in die Augen, »daß unser Übereinkommen auf eine Art Gestalt erhält, die allen daran Beteiligten Genuß verspricht, findest du nicht?«

»Wie kannst du mir ernsthaft unterstellen, es könne irgendeine Art von Genuß für mich geben, in dieser Situation? Willst du mich beleidigen?«

»Gott bewahre! Die Frau, die ich liebe, beleidigen? Das wäre zum mindesten sehr unklug. Nein, ich will, daß... Ja, was will ich? Gute Frage. Diese Frage versuche ich mir seit Monaten zu beantworten. Was ich will, wäre eine Welt, in der du freiwillig zu mir kommst, weil es uns beide zueinander drängt. Und am Ende gehen wir nach New York!«

»Bist du betrunken?«

»Nein. Ein klein wenig vielleicht. Aus Nervosität. Ich liebe dich, Francisca.«

»Mach, was du willst. Wenn hohles Gerede dir hilft, dein Verbrechen vor dir selbst zu entschuldigen, so ist mir das bestenfalls egal.«

»Du bringst mich nicht gerade in Stimmung, Cousinchen. Schau, ich hab deinem Vater eben geschrieben. Daß alles gut ist. Will sagen, gut für dich, schlecht für ihn.«

»Dann kann ich ja wieder gehen.« Francisca gab sich Mühe, nicht etwa erleichtert zu wirken, sondern nach wie vor angeekelt.

»Könntest du. Nur dann – könnte ich wiederum anders disponieren. Schau, ich bin nun mal ein Mann, und ich will dich, wie ich nie zuvor etwas gewollt habe. Das ist das größte Kompliment, das du je bekommen wirst.«

Francisca verstand. Sie sollte so tun, als sei ihr an Fredo etwas gelegen, um seine Lust zu steigern, damit er sich nicht als Vergewaltiger, sondern wie ein Liebhaber fühlte. Das war für ihren Geschmack zuviel an Entgegenkommen, diese Maskerade wollte sie nicht mitspielen.

»Möchtest du etwas trinken? Oder essen? Das hier ist ein Luxushotel, ich kann alles von der Speisekarte bedingungslos empfehlen.«

»Nein, danke. Komm zur Sache.«

»Sei nicht so gierig. Setz dich hierher, nah zu mir.«

Cis gehorchte und setzte sich in den zur Sonnenliege klappbaren Stuhl neben Fredo. Plötzlich bekam sie Durst und bereute, Fredos Angebot ausgeschlagen zu haben. Nein, sie bereute es nicht. Von diesem Menschen würde sie nichts annehmen, gar nichts. Vielleicht konnte sie sich in ein paar Minuten ins Bad begeben und dort etwas Wasser trinken.

»Cousinchen, erinnerst du dich, was ich damals von dir verlangt habe, als du mich in diesem Hotel in Buenos Aires besuchen kommen solltest, weißt du das noch?«

»Wer könnte das vergessen?«

»Dann hol jetzt erst einmal nach, was du versäumt hast. Greif zu. Sei behutsam und nicht hektisch.«

»Hier? Auf dem Balkon?«

»Es kann uns niemand zusehen, aber wenn du selbst nicht hinsehen möchtest, kannst du den Bademantel des Schweigens drüberhüllen.«

In Franciscas Kopf ging manches durcheinander. So hatte sie sich das nicht vorgestellt. Jetzt sollte sie noch selber tätig werden, bei ihrem Mißbrauch mithelfen? Andererseits war es besser, auf diese Weise die Kontrolle zu bewahren, viel besser, als von Fredo aufs Bett geworfen zu werden. Sein Penis, halb erigiert, wurde schnell sehr hart, als ihre Finger ihn berührten. Francisca war geschickt bei dem, was sie da tat, sie hatte an Jorge einige Male geübt. Fredo begann leise zu seufzen und zu stöhnen. Seit seiner Ankunft in Rio war er nicht ein einziges Mal im Bordell gewesen. Nach kaum zwei Minuten wischte Cis ihren feucht gewordenen Handrücken an Fredos Bademantel ab.

»Und nun?«

»Nun hast du frei. Sei morgen bitte zur selben Zeit wieder hier. Siehst du jetzt ein, was für eine Lappalie das war? Was wir alle uns hätten ersparen können, wenn du mir damals zwei Minuten deine warme, weiche Mädchenhand gegönnt hättest? Aber nein, dazu mußten wir erst durch halb Amerika fahren. Ich hoffe übrigens, daß du dir auf dem Dampfer keine Staublunge geholt hast.«

Francisca sah ihren Cousin ungläubig an. »Ich kann jetzt gehen?«

»Das wolltest du doch, und das kannst du jetzt auch.«

Sie machte auf dem Absatz kehrt und verließ das

Hotel, mit allen möglichen Gefühlen, nicht nur dem der Erleichterung. Irgendwie imponierte ihr dieser Bursche, und sie ärgerte sich, weil sich dieses Gefühl nicht unterdrücken ließ. Nicht mal so sehr wegen des Handgriffs, zu dem er sie gezwungen hatte, war sie wütend, viel eher, weil er sie mehr gebeten als gezwungen hatte, das war perfide – und dann dieser überhebliche Vortrag am Ende, über die unterlassene Hilfeleistung unter Verwandten, die sogenannte ›Lappalie‹. Wie ein dummes Mädel ließ er sie dastehen, das der Lehrer an die Tafel geholt hat, damit sie den gemachten Fehler korrigieren kann. Aber man mußte auch das Positive sehen. Er war freundlich gewesen, nicht brutal, hatte sich nicht sofort alles genommen, was er sich hätte nehmen können. Der erste Tag dieser schrecklichen Woche war überstanden. Francisca kaufte einem Straßenhändler eine Flasche Wasser ab, trank sie halb aus, die andere Hälfte schüttete sie über ihre rechte Hand.

XV

Als Jorge um Mitternacht ins Zimmer trat, lag Cis bereits im Bett und seufzte, klagte über Kopfweh, nahm seine Hand aus ihrem Schoß und drehte sich um. Ob irgendwas sei, fragte Jorge, und Cis sagte: »Dienstag.«

Sie lag noch lange wach und fragte sich, ob sie das Richtige tat, Jorge nichts, überhaupt nichts zu erzählen. Sie bekam Angst, im Schlaf zu sprechen, so sehr wollte sie etwas von der Last loswerden, die sie bedrückte. Und schluchzte leise. Nicht übertrieben, gerade so, daß er es hören mußte.

»Was ist? Was hast du?« Er streichelte ihre Oberarme und den Hals. Das mochte sie.

»Ich komme mir schmutzig vor.«

»Weswegen? Was ist los?«

»Es gibt einen Stammgast, der mich ein wenig zu gern hat. Luíz, ein schon älterer frecher Bock. Er wollte mir zwischen die Beine greifen. Ich hab ihm das Gesicht zerkratzt. Er sieht jetzt nicht mehr sehr gut aus. Gott, war ich wild und entschlossen! Ich hab ihn praktisch zerfetzt. Ich hatte sein Blut und sein verdorbenes altes Fleisch unter meinen Fingernägeln. Lopes hat ihn dann fortgejagt. Der kommt so schnell nicht wieder.«

»Und du? Hat er auch dich verletzt? Sag es mir, sag mir alles, du mußt mir immer alles sagen, hörst du? Du mußt, du darfst auf mich keine Rücksicht nehmen.«

»Selbstverständlich, Jorge. Du bist mein Mann, dir erzähle ich alles.«

»Wenn das Schwein sich dir noch mal nähern sollte, gib mir Bescheid, und ich haue ihn in Stücke.«

Jorge Jega sagte die Worte, von denen er glaubte, daß Frauen sie gerne hören. Und er dachte an den Artikel aus der Illustrierten neulich. *Würden Sie für Ihre Frau töten?*

»Ich würde ihn umbringen, wenn er dir etwas antut. Verlaß dich drauf.«

»Natürlich, Conejo. Schlaf jetzt.«

XVI

Wieder die Kirschholztür. Das hallende Geräusch, wenn sie mit dem Fingerknöchel klopfte. Diesmal wartete Fredo nicht auf dem Balkon, er stand im Schlafzimmer, vom Bett war die samtene Tagesdecke abgezogen worden. Die schöne moosgrüne Tagesdecke mit den goldfarbenen Kordeln, die dem Zimmer eine gewisse Grandeur verliehen hatte. Stattdessen nun weißes Bettzeug. Weiß schreiendes Bettzeug. Cis schritt ihrem Cousin entgegen, ohne ihn anzusehen.

Ihre Gedanken, die sie gern einmal geordnet hätte, glichen dem Meer, wenn es an der Mole hin- und herschwappt, gegen die Hafenmauer klatscht und zurückprallt.

Fredo nahm sie in die Arme, drehte sie um, drückte ihre Schulter nach hinten, faßte in Richtung ihrer Knie. Es ging ganz schnell. Er hob sie hoch, als ob sie nichts wöge, und legte sie aufs Bett, zog ihr Schuhe, Rock und Bluse aus. Er küßte ihre Füße und die Innenseiten ihrer Schenkel. Dann erst beraubte er sie ihrer Unterwäsche. Francisca wehrte sich nicht, betrachtete den Stuck an der Decke und dachte nichts mehr, außer, daß nun tatsächlich geschah, was sie sich zuvor hundertfach ausgemalt hatte. Und sie spürte etwas, das in ihren Angstgemälden so nicht vorgekommen war. Da war etwas, zwischen ihren Beinen, das war weich und tat nicht weh.

Sofort sah Cis wieder zur Decke, sie bekam einen hochroten Kopf. Was Fredo da unten anstellte, war eigenartig, nicht unangenehm, doch höchst unanständig. Man sagte nur perversen Männern nach, so etwas gerne zu tun. Sie erwartete, lachen zu müssen, als ob sie gekitzelt würde, aber es war erstaunlich gut auszuhalten, mit der Zeit wurde es immer weniger schlimm. Ihre Haut glich einer nächtlichen Gewitterlandschaft, auf der fliehendes Getier hin- und herjagte, irrte, Haken schlug. So hätte sie es später beschrieben. Sie begann zu zittern und bemühte sich, ganz still zu liegen, keine Furcht zu zeigen, schon gar keine Lust. Auch keinen Laut wollte sie von sich geben, doch obwohl sie sich Mühe gab und die Zähne zusammenbiß – es war, als ob man niesen müsse, es ließ sich nicht unterdrücken, und Cis begann zu wimmern und leise »Nein!« zu sagen, immer wieder: »Nein!«

Fredo schien sie gar nicht zu hören, wie auch, mit ihren Schenkeln auf den Ohren. Und eigentlich wollte sie jetzt gar nicht mehr, daß er aufhörte, es sollte ja, das war die Hauptsache, bald vorbei sein, und er würde ohnehin keine Ruhe geben, bevor er nicht bekommen hatte, was er wollte. Aber was wollte er genau? Cis konnte sich jetzt nicht mehr beherrschen, ihr Körper schüttelte sich, irgendetwas hatte ihren Leib in der Gewalt und spielte darauf, wie auf einem Klavier, und es ging noch vierzig Minuten so weiter, sie verlor nach und nach alle Scham, jedes Gefühl des Zorns und der Ohnmacht und der Demütigung. Bis sie Töne von sich gab, von denen sie vorher nicht wußte, daß sie sie erzeugen konnte.

Sie bemühte sich, nicht zu schreien, versagte jäm

merlich, schrie in ein Kissen, völlig außer sich, überwältigt, ein zitterndes Bündel aus Lust. Sie versuchte, sobald sie wieder ein wenig denken konnte, den nächsten Schrei klingen zu lassen wie einen Schrei aus Schmerz. Fredo jedoch setzte ein triumphierendes Grinsen auf, masturbierte über ihrem Gesicht und ergoß sich auf ihre Brüste. Selbst diese Erniedrigung empfand sie als nicht wirklich schlimm, im Gegenteil, es erregte sie sogar, und erst nach ein paar Minuten, in denen Fredo still und ruhig neben ihr lag, kam der Zorn zurück, die Traurigkeit und die Scham. Cis lief ins Bad, um sich zu waschen. Vermied es, in den Spiegel zu sehen.

Das Schlimmste war in diesem Moment, daß sie Jorge niemals davon würde erzählen können. Nicht die ganze Geschichte, nicht wahrheitsgemäß, das schien komplett unmöglich. Immer würde sie etwas weglassen müssen, damit Jorge sie nicht für eine Hure hielt und die Folterung, die sie eben erdulden mußte, nicht mit einer Liebkosung und Wohltat verwechselte.

Beim Heraustreten aus dem Badezimmer wurde Francisca, die sich ein Badetuch umgebunden hatte, von Fredo wie eine Beute gepackt, in die Luft gehoben und zum Bett zurückgetragen. Das bisher Geschehene, meinte er prahlerisch, sei nur laues Vorspiel gewesen. Doch könne sie jederzeit nach Hause gehen. Der Pflichtteil der Vereinbarung wäre vollbracht, und er wolle sie nicht überfordern.

»Dann kann ich mich anziehen und gehen?«

»Ganz genau. Wenn du partout nicht bleiben willst, kannst du gehen, und wir sehen uns morgen wieder um dieselbe Zeit.«

Cis überlegte kurz, dann zog sie sich an und verließ den Raum. Auf dem Hotelflur zischte sie, still für sich, ein Wort, das sie bis dahin noch nie benutzt hatte, da es Proletariern vorbehalten war.

XVII

Als Vincente Alameda den neuesten Brief seines Neffen las, bekam er ein ungutes Gefühl. Der Don besaß eine feine Nase für Formulierungen, aber er mußte den Text mehrmals lesen, bevor er festmachen konnte, was ihm daran so seltsam erschien. Erstens stand die Frage im Raum, warum Fredo ihm einen Brief schickte, der mindestens fünf Tage unterwegs war, statt eines Telegramms? Bei einer Sache von so enormer Wichtigkeit, wenn man weiß, daß der Adressat wie auf Kohlen sitzt und auf Neuigkeiten wartet. Vielleicht war das dem Jungen nicht bewußt gewesen, er hatte die Sache als erledigt zu den unwichtig gewordenen Dingen abgeheftet, mag sein.

...leider hattest Du mit deinem Instinkt mal wieder recht, es war der billige Versuch von ein paar kriminellen Subjekten, mir eine Anzahlung zu entlocken und damit abzuhauen, kurz: ein Schlag ins Wasser.

Warum erzählte er nicht mehr? Wer waren die ›kriminellen Subjekte‹? Ging das nicht genauer? Und wie war es abgelaufen, rein technisch betrachtet? Offensichtlich hatte er den ›Subjekten‹ ja keine Anzahlung gegeben, oder doch – und er wollte das nicht zugeben? Woher wollte er danach mit Sicherheit in Erfahrung gebracht haben, ob die sogenannten ›Subjekte‹ wirklich von nichts wußten? Dann diese schroffe Verkürzung. ›Ein

Schlag ins Wasser‹. Wenn Fredo zuvor so große Zuversicht gehabt hatte, Francisca gefunden zu haben, fiel das Dementi jetzt ziemlich kleinlaut aus. Jeder andere Angestellte hätte Erklärungen abgeliefert, den Sachverhalt geschildert und sich gerechtfertigt, Fredo aber ging prompt zur Entschuldigung über, als wolle er darüber nicht reden oder habe keine Zeit, lange Begründungen zu schreiben. Irgendetwas stimmte nicht.

Alameda beschloß, höchstpersönlich nach dem Rechten zu sehen. Mit der Bahn würde er nur fünf Tage unterwegs sein, in einem eigenen Abteil, ausgestattet mit allem Komfort, mit Speisewagen und Spülklosett, jedem europäischen Standard mindestens gleichwertig. Die wenigen Unannehmlichkeiten würden in keinem Verhältnis stehen zu den prächtigen Landschaften, die man unterwegs zu sehen bekäme. So stand es im Prospekt der *Ferrocarril Central Argentino*.

An Gefolge nahm er nur seinen Kammerdiener Lorenzo und einen der Detektive mit, einen beinahe zwei Meter großen, drahtigen Menschen namens Juan Herreira.

XVIII

Tags darauf empfing Fredo Francisca bereits, wie man eine Geliebte empfängt, er küßte sie auf den Mund und wühlte in ihrem Haar. Cis ließ es geschehen, ohne einen Finger zu rühren. Es war nicht so, daß ihr plötzlich etwas an Fredo lag, nur weil er im Bett überraschende Fähigkeiten besaß. Er brachte, ja, er nötigte sie in ein tiefes Dilemma. Sie konnte es vor sich selbst bald nicht mehr verbergen, daß sie sich an jedem Abend etwas mehr auf den nächsten Nachmittag freute, und sie verabscheute ihren Cousin dafür. Er brachte es fertig, daß sie sich wie eine Hure fühlte, weil sie etwas genoß, das sie nach allen moralischen Maßstäben nicht genießen durfte und konnte.

Cis wünschte, sie hätte eine beste Freundin gehabt, der sie sich hätte offenbaren, mit der sie die Sache stundenlang hätte diskutieren können, aber es gab niemanden, sie besaß nicht einmal *irgendeine* Freundin. Ihre Reizbarkeit erreichte einen Punkt, an dem Jorge, dem sie sich jede Nacht verweigerte, zum ersten Mal die Geduld mit ihr verlor, nach einem Streit das Zimmer verließ und am Strand nächtigte, wo es jetzt, im Winter, ungemütlich sein konnte. Um vier Uhr morgens wurde es ihm zu kalt, und er schlich sich zurück. Cis erwachte, fiel ihm um den Hals und bat um Verzeihung, sie sei im Moment nicht auf der Höhe, die Ereignisse hätten sie zu sehr mitgenommen. Dann begann sie zu weinen und erzählte ihrem unterkühlten Mann, die versuchte Vergewaltigung durch Luíz Kopitz sei nicht nur eine versuchte gewesen, er habe es geschafft, eine Hand, beziehungsweise nicht die ganze Hand, aber einen Finger...

Sie wußte nicht, wie sie es formulieren sollte, ohne vor Scham im Boden zu versinken. Jorge verstand ganz gut. Er bekam nicht mehr, was er begehrte, weil jemand seinen Finger darin gehabt hatte. Ganz verstand er es nicht. Er schlief in dieser Nacht keine Sekunde. Was soll ich tun, dachte er, was erwartet sie von mir? Soll ich diesen alten Bock deswegen über den Haufen schießen? Ihm den Finger abhacken? Erwartet sie das?

In den nächsten Tagen wirkte Jorge wie ein Schatten seiner selbst, vergrübelt, unschlüssig. Dann ließ er eine Anzeige in die Zeitung setzen, in der er sich unter falschem Namen als Klavierstimmer anbot. Er hatte das noch nie gemacht, aber so schwer konnte es nicht sein.

Alfredo Torres und Francisca Alameda. Wollte man die Beziehung der beiden mit konventionellen Begriffen benennen, stieße man schnell an die Wortschatzgrenze. Fredo sagte ihr ständig, wie sehr er sie liebte. Mit der Zeit lauschte Cis seinem Minnelied recht gern, nicht zuletzt, weil es ihr ein Stück verlorener Würde zurückgab. Auch war er, wenn man ihn kennenlernte, kein so banaler und langweiliger Mann, wie sie stets vermutet hatte. Er nutzte ihre Situation schamlos aus, dennoch begann sie, einen gewissen Respekt für seine Dreistigkeit zu entwickeln. Fredo hatte einen Weg gefunden, um sich zu nehmen, was er begehrte. Das war von Staat und Kirche zu verurteilen, zweifellos, aber es war auch nachvollziehbar und – männlich. Während Jorge den ganzen Tag vertrödelte, ganz unmännlich in einer illusionären Kunstblase die Zeit aussaß.

Francisca wehrte sich gegen den Gedanken, den eigenen Gatten zu verachten. Irgendwann war Jorge vor sie hingetreten und hatte gefragt, was sie nun von ihm erwarte. Ob er diesen Kopitz, der ja verschwunden war, suchen solle?

Lauter dumme Fragen. Aber was erwarte ich von ihm? Soll er mir etwa den Kopf dieser Drecksau auf einem Silberteller präsentieren?

Die erschreckende Antwort lautete: Ja. Das hätte ihr gefallen. Sie hätte das gutgeheißen. Ach, er war eben ein Conejo.

Alfredo Torres und Francisca Alameda. Nach den sieben vereinbarten Tagen trafen sie sich auch am achten. Als hätten sie zu zählen vergessen. Ohne sich zuvor verabredet zu haben, ohne je zu thematisieren, was sie einander geworden waren. Einseitige Versuche gab es wohl. Fredo forderte Francisca mehrmals auf, zuzugeben, daß sie seine Liebe längst erwidere, daß sie ohne ihn nicht länger leben könne, daß ihre Ehe mit Jorge ein Fehler, ein fataler Irrtum gewesen sei. Dem widersprach sie energisch und nannte ihren Cousin einen Bösewicht, dem sie sich stets nur unter Zwang hingegeben habe. Wenn Fredo grinste, spürte Cis das heftige Verlangen, ihm ins Gesicht zu schlagen. Nur, um es leidenschaftlich zu genießen, wenn er sich wieder auf sie warf und sie mißbrauchte.

Als Fredo einmal die Badezimmertür hinter sich schloß, durchwühlte Cis seine Kleidung und nahm alles Bargeld an sich, stopfte es in ihre Ledertasche. Sie konnte das Geld brauchen und betrachtete den Vorgang mehr als Spiel denn als Diebstahl. Das Geld stand ihr zu. Sie sah auch in die Schränke und Schubladen und entdeckte den geladenen Revolver, steckte ihn reflexartig ein. Das genau war es, worauf sie immer gehofft hatte. Eine unvorhersehbare Wendung. Sie mußte nur abdrükken.

Doch auf das Geräusch der Spülung hin entschloß sie sich gerade noch rechtzeitig um und legte den Revolver in die Schublade zurück.

Don Alameda, begleitet von seinen Leuten, traf am 22. Juni 1902 gegen Mittag in Rio ein und begab sich sofort per Pferdebus ins Hotel Excelsior, um dort drei telegrafisch gebuchte Einzelzimmer zu beziehen. Nachdem er sich ordnungsgemäß registriert hatte, fragte er den Rezeptionisten nach der Zimmernummer von Alfredo Torres. Die Tür von Zimmer 237 war nicht verschlossen. Don Alameda klopfte pro forma, trat im gleichen Augenblick ein und sah die behaarte Rückseite seines Neffen zwischen den glatten, weitgespreizten Beinen einer Frau. Der Don sonderte eine Mischung aus Lachen und Husten ab und wollte sich eben mit einer gebrummten Entschuldigung abwenden, als er seine einzige Tochter an ihrem erschrockenen Quieken erkannte.

Jorge schrieb an diesem Tag, wie an allen Tagen, an seiner Oper weiter, denn ihm fiel nicht ein, was er mit der Zeit sonst Sinnvolles anstellen sollte. Die Geschichte war nun ungefähr die, daß ein Mädchen namens Clarissa mit Serge, ihrem Klavierlehrer, durchbrennt, der ein ungebildeter, wilder Desperado ist und Wohnungen reicher Leute ausraubt, unter dem Vorwand, das Klavier stimmen zu müssen. Clarissa bittet ihn, damit aufzuhören, er muß es ihr schwören, aber in dem fremden Land drohen sie Hungers zu sterben, und Clarissa nimmt sich heimlich einen reichen alten Liebhaber. Ein bißchen wie Puccinis *Manon Lescaut*. Am Schluß bricht Serge zur falschen Zeit im falschen Haus ein, erwischt seine Geliebte in flagranti und erschießt den alten Sack. Die beiden müssen fliehen, in den Urwald, wo sie jämmerlich umkommen, zuvor aber, schwer gelbfieberkrank, ein letztes Duett singen. Gute, lebensnahe Geschichte mit interessanten Menschen und einem mitreißenden Finale. Das Publikum würde sich die Augen ausheulen. Wenn die Musik dazu einigermaßen stimmte, hatte Jorge Jega eine reelle Chance auf Ruhm und Reichtum.

Den Abend verbrachte er in einem Café, wo es billige Sandwiches zu essen und drei Wochen alte europäische Zeitungen zu lesen gab. Als er um Mitternacht die Hintertür der Kneipe entriegelte, wartete Cis schon unten im Schankraum und kam ihm mit schnellen Trippelschritten entgegen. Sie wirkte völlig aufgelöst, auch trug sie ihr Haar nicht wie sonst gebändigt, zerwühlt und formlos schlenkerte es um ihren Kopf.

Sie zog den verdutzten Jorge hinter sich her, die Treppe hinauf und verschloß die Tür, bevor sie ihm mit fast tonloser Stimme offenbarte, daß am Nachmittag etwas Furchtbares geschehen sei. Sie habe einen Mann erschossen. In einem Hotel. Dieser Mann habe versucht, sie zu erpressen und sich an ihr zu vergehen, ihr eigener Cousin zweiten Grades sei es gewesen, der sie hier aufgespürt hatte und die Situation ausnutzen wollte. Weil ihm das Geforderte verweigert wurde, sei er brutal geworden, doch sei er an die Falsche geraten und jetzt tot.

»Er wollte dich vergewaltigen?«

»Ja. Er wollte es sein Leben lang und hielt mich für hilflos. Wir kämpften. Ich habe seine Pistole gesehen, sie lag auf dem Tisch, ich nahm sie und habe geschossen.«

Jorge stand unter Schock und hoffte dennoch bis zuletzt, daß Cis sich einen sehr, sehr groben Scherz mit ihm erlaubte. Seine nächste Frage klang dementsprechend kurios, beinahe wie ein Vorwurf.

»Warum wollen so viele Männer dich vergewaltigen?«

»Weil ich schön bin?«

»Trotzdem werden schöne Frauen nicht andauernd vergewaltigt. Herrgott! Entschuldige, ich weiß nicht, was ich rede. Er ist, vielmehr, er war – dein Cousin, sagst du?«

»Zweifelst du an meinen Worten?«

»Nein. Was weiß ich? Ist ja auch völlig egal. Ist er auch sicher tot?«

»So tot, wie man nur sein kann.«

»Dann ist es so. Beruhige dich. Beruhigen wir uns. Hat dich jemand im Hotel gesehen?«

»Das weiß ich nicht. Es könnte sein. Und auch wenn

nicht: Über seinen Namen kommen sie bestimmt bald auf meinen.«

»Was tun wir jetzt?«

»Conejo, hör zu: Wir trennen uns.«

»Wie bitte?«

»Nicht für lange. Ich muß fort, raus aus der Stadt. Wir dürfen zusammen nicht gesehen werden. Wenn sie nach mir fahnden, will ich dich nicht mit hineinziehen. Sie werden uns beide suchen, also ein Paar. Als Einzelpersonen haben wir bessere Chancen, nicht aufzufallen. Ich habe Geld an mich genommen, das Fredo bei sich trug, eine große Summe, ich gehe jetzt gleich zum Bahnhof. Du bleibst erst mal hier und gehst dann morgen früh, irgendwohin. Ich will nicht wissen, wo du bist. Eine Zeitlang werden wir nichts voneinander hören, und das ist besser so. Aber wir finden uns wieder. Du setzt in genau einem Monat eine chiffrierte Anzeige in die Kirchenzeitung, unterzeichnet mit JJ. Dann werde ich wissen, wo ich dich finde. Kannst du die Pistole nehmen und sie morgen früh irgendwo sicher entsorgen? Tust du das? Wirst du stark sein für mich? Hier hast du etwas von dem Geld, damit kommst du einen Monat lang zurecht. Ich liebe dich, Karnickelchen.«

Jorge fragte sich, warum in Dreiteufelsnamen Francisca die Tatwaffe behalten hatte, aber gut, sagte er sich, in einer solchen Situation tut man Dinge, die schwer erklärbar sind. Cis und Jorge küßten sich lange zum Abschied, dann trat sie auf die Straße hinaus und lief in Richtung Bahnhof, mit nur einem einzigen, nicht sehr großen Koffer.

Es dauerte eine Weile, bis Jorge wieder denken konnte.

Seine Gedanken waren nicht frei von einem gewissen Groll. Mußte Cis ihm das antun? Hätte sie den Angreifer nicht einfach nur in Schach halten können, mußte sie unbedingt gleich abdrücken? Wie sollte sie jemals beweisen, daß es sich um Notwehr gehandelt hatte? Francisca de Alameda würde von nun an für immer auf der Flucht sein, und er mit ihr.

Jorge Jega befand sich in einer Lage, die bedrückend und euphorisierend zugleich war. Etwas Wuchtiges, existentiell Einschneidendes war geschehen, etwas Fulminantes, nach dem praktisch nichts mehr bleiben konnte wie zuvor. Es fühlte sich an, als habe sich das eigene Dasein auf eine Bühne verirrt, sei dramatisiert worden und würde von verrückten Schauspielern auf einer neuen Ebene gespielt und verhandelt. Langsam wich der Schock der Erkenntnis, was wirklich geschehen war: eine Katastrophe. Vielleicht kam nur noch eine neue, noch größer angelegte Flucht in Betracht, ganz weit weg, vielleicht nach Asien oder Australien.

An Schlaf war vorerst nicht zu denken. Jorge öffnete eine Flasche Rum und betrank sich, um der herabprasselnden Überlegungen Herr zu werden. Noch immer hoffte er darauf, am Morgen mit heiler Haut aus einem Alptraum zu erwachen. Als die Flasche leer war, schlief er zwei Stunden. Dieser Schlaf glich der Betäubung vor einer Operation, doch sein Gesicht verzerrte sich in wilden Fratzen, so heftig träumte er.

Als Jorge Jega um halb acht mit zittrigen Knien, vom Rum noch benebelt, das Haus verließ, stürzten sich aus der Seitengasse vier Polizisten auf ihn, warfen ihn zu Boden und legten ihm Handschellen an. In seiner Ledertasche fanden sie die Pistole, mit der vor weniger als achtzehn Stunden auf Alfredo Torres geschossen worden war.

VIERTER TEIL

DER PROZESS

Der Prozeß fand in einem der beiden kleineren Säle des Zentralgerichts statt, die Zuschauerreihen waren zu gut zwei Dritteln gefüllt. Jega trug Zivil, doch seine rechte Hand blieb während der ganzen Zeit an einen Pfosten der Anklagebank gekettet. Es war heiß und stickig im Saal.

Nach Verlesung der Anklageschrift durch den Staatsanwalt Paolo Gordo mußte Jorge Jega vortreten und sich zu den Vorwürfen erklären.

Er bekannte sich schuldig, Alfredo Torres im Hotel Excelsior am 22. Juni 1902 durch einen Schuß – auf Nachfrage: zwei Schüsse – getötet zu haben. Richter und Staatsanwalt nickten erleichtert, denn das war eine große Hilfe, um das Verfahren zeit- und kostensparend zu gestalten.

Jegas Pflichtverteidiger Lope de Burgos, ein kahlköpfiger Zwerg von knapp dreißig Jahren, ließ in seinem ersten Plädoyer deutlich erkennen, daß er vom fehlenden Kampfgeist seines Mandanten konsterniert war, gab andererseits seiner Hoffnung, nein, seiner festen Überzeugung Ausdruck, daß Jegas Geständnis, wie auch sein Motiv, deutlich strafmildernd wirken und ein Todesurteil ausschließen müsse. Zweifellos habe es sich um ein Verbrechen aus Leidenschaft gehandelt.

»Inwiefern ein Verbrechen aus Leidenschaft?« wollte der Richter Manuel Cabrero, ein älterer Herr mit schlohweißem Haar, wissen. »Der Angeklagte hat sich doch geweigert, zu seinen Motiven und zum exakten Tathergang irgendwelche Angaben zu machen. Nicht einmal die mindesten!«

»Das ist korrekt.« Lope de Burgos senkte zustimmend den Kopf. »Genau daraus folgere ich, daß es ein Verbrechen aus Leidenschaft gewesen sein muß. Offensichtlich ging es um eine Frau, und Jörg Jäger möchte deren Namen aus der Sache heraushalten.«

Der Richter wandte sich an den Beklagten und fragte ihn, ob das der Wahrheit entspräche?

Jäger verneinte, es sei um keine Frau gegangen.

Worum denn?

Schweigen von seiten des Angeklagten.

Cabrero zuckte mit den Achseln. Wenn dieser Ausländer nichts zu seiner Verteidigung vorbringen wollte, bitte sehr, vielleicht war er ja lebensmüde. An dieser Stelle hatte Lope de Burgos, ein aufgrund seiner Jugend und fehlender Erfahrung noch sehr ehrgeiziger Mann, einen enorm theatralischen Auftritt. Jörg Jäger bat darum, daß man seinem übereifrigen Verteidiger das Mandat entziehen solle, aber nun waren alle im Saal neugierig geworden.

»Senhor Jäger, ich muß Sie bitten, zu schweigen und keine absurden Anträge mehr zu stellen, ansonsten verhandeln wir ohne Sie weiter.« Der Richter klopfte mit seinem hölzernen Hammer auf den Tisch, und einige Zeugen wurden aufgerufen. Der Kneipenbesitzer Lopes, der Priester Vasquez von der Nossa Senhora da Glória do Outeiro sowie zwei Pagen des Hotels Excelsior und ein

Gerichtsmediziner, dessen Name im von Hand geschriebenen Protokoll nicht zu entziffern ist.

Der Priester bestätigte zunächst, daß er den Beklagten, Jörg Jäger, allerdings unter latinisiertem Namen, am 15. März 1902 verheiratet hatte, mit einer gewissen Francisca de Alameda.

Renato Lopes sagte aus, daß die beiden für ihn gearbeitet hätten, er den Beklagten aber vor die Tür gesetzt habe, als ihm zu Ohren gekommen sei, daß es sich um einen gesuchten Kriminellen handle, verantwortlich für den Tod eines Senators in Montevideo. Der ihm das erzählt habe, sei kein anderer gewesen als eben jener zu Tode gekommene Alfredo Torres. Dieser habe sich als Detektiv ausgegeben, habe nach Francisca de Alameda gesucht und ein Foto von ihr gezeigt.

Lope de Burgos machte das Gericht darauf aufmerksam, daß hier ein klarer Fall von Verleumdung vorliege, denn jenem erwähnten Senator aus Uruguay gehe es prächtig, er sei bei einem fairen Duell nur leicht verletzt worden, eher blamiert als verletzt, längst habe man den Fall zu den Akten gelegt. Und Torres sei weiß Gott kein Detektiv gewesen, sondern ein Unternehmer bei einem kleineren Handelskontor.

Es folgten die Hotelpagen, die angaben, daß die Gattin des Beklagten, ebenjene zuvor erwähnte Francisca (sie identifizierten sie dank des Fotos, das man beim toten Torres fand), über einen Zeitraum von etwa einer Woche regelmäßig gegen 14 Uhr das Hotel betreten und das Opfer, Alfredo Torres, in seiner Suite besucht habe, jeweils für ungefähr zwei Stunden. Gefragt, warum sie sich daran und an besagte Francisca so gut erinnerten, grinsten die beiden Sechzehnjährigen und meinten, daß man einen Anblick wie den dieser schönen Frau nur schwer vergessen könne, außerdem seien Laute aus dem Zimmer gedrungen, gewisse Laute, die ein enormes Schamgefühl in ihnen ausgelöst hätten.

An dieser Stelle begann Jörg Jäger die Sitzung mit ständigen Zwischenrufen zu stören. Wofür das alles gut sei, was seine Gattin damit zu tun habe, et cetera.

Der Richter wollte wissen, wo sich diese Francisca da Alameda gerade aufhielt, und Jäger antwortete, er wisse es nicht, aber seine Frau heiße in Wirklichkeit gar nicht so. Francisca da Alameda sei der Name einer jungen Dame aus einem sehr achtbaren Haus in Buenos Aires, deren Namen seine Frau angenommen habe, eigentlich heiße sie Clarissa. Wie weiter? Jäger. Nein, ihren Mädchennamen. Den wolle er für sich behalten. Der Beschuldigte gab an, sich bei erwähntem Duell auf den Senator zu früh umgedreht und bei zwei geschossen zu haben, wo es ihm erst bei drei erlaubt gewesen wäre. Seine jüngsten Anzeigen als Klavierstimmer hätten dem Zweck gedient, Eintritt in betuchte Häuser zu finden, um diese zu berauben.

Der Richter starrte ihn mißtrauisch an. So viele Selbstbezichtigungen war er aus seiner Praxis nicht gewohnt.

»Und weil Ihre frisch Angetraute eine Affäre mit diesem Torres unterhielt, haben Sie sie heimlich verfolgt, überrascht und ihren Liebhaber erschossen, ist das so?«

Jörg Jäger verweigerte erneut die Aussage, ungeachtet dessen, daß sich ein Verbrechen aus Leidenschaft beziehungsweise Eifersucht tatsächlich abzuzeichnen begann. Dafür konnte eine sehr viel mildere Strafe verhängt werden, eventuell kam sogar ein Freispruch in Frage. Jeder im Gerichtssaal schüttelte den Kopf, denn unverständlicherweise agierte hier ein Beklagter gegen seine höchsteigenen Interessen.

Es folgte der Auftritt des Gerichtsmediziners, der seine Aussage mit dem vorauseilenden Eingeständnis ständiger Überforderung begann. Er habe am 22. Juni dieses Jahres die Leiche des Alfredo Torres zur Obduktion zugewiesen bekommen. Da der Leichnam zwei Schußwunden in nächster Nähe des Herzens aufwies, sei die Todesursache – scheinbar – offensichtlich gewesen. Er habe das Protokoll schnell ausgefüllt und ans Amt verschickt, denn Rio sei eine große und gewalttätige Stadt, es gebe viel zu viel zu tun. Ihm seien dann aber doch noch Würgemale aufgefallen, Würgemale am Hals, und er habe, einfach aus purer Neugier und wegen des Kuriosums, nachgehakt und festgestellt, daß die eigentliche Todesart Erdrosseln gewesen sein müsse, während die Schußverletzungen Torres erst post mortem zugefügt worden seien.

»Das Opfer war sicher noch nicht lange tot, vielleicht ein paar Minuten, dann wurden, wohl, um ganz sicher zu gehen, noch zwei Schüsse auf ihn abgefeuert. Ich fand das zuerst nicht so furchtbar relevant, um den Bericht noch einmal zurückzufordern und nachzubearbeiten, aber jetzt, denke ich, könnte das doch von einiger Wichtigkeit sein.«

Es entstand einiges Raunen im Publikum.

»Alfredo Torres war ein athletischer, ziemlich kräftiger Typ, nicht wahr?« Lope de Burgos zeigte ein Foto herum, das den Verblichenen in einer Polo-Uniform zeigte. Der Pathologe meinte, ja, das ließe sich so sagen.

»Halten Sie es für möglich, daß ein Schlaks wie der Beklagte einen solchen Kerl erwürgen kann?«

»Auszuschließen ist das nicht. Wenn der Täter sich in einer günstigen Position befindet, wenn seine Motivation groß ist, so daß ihm ungeahnte Kräfte erwachsen, und wenn er schmerzunempfindlich ist, denn selbstverständlich wehrt sich das Opfer in der Todesangst mit allem, was es hat. Es sei denn, es wäre hilflos, weil gefesselt.«

»Sie meinen, der Täter würde bei einem solchen Verbrechen nicht davonkommen ohne gewisse Kratzspuren im Gesicht, oder gab es umgekehrt etwa Fesselspuren an Alfredo Torres' Handgelenken?«

»Nein, die gab es nicht.«

An dieser Stelle unterbrach der Richter den Pflichtverteidiger und fragte ihn, wozu das dienen solle, Jäger habe die Tat doch gestanden. Lope de Burgos wußte selbst nicht genau, worauf er hinauswollte, aber immerhin hatte er erreicht, daß der Pathologe beim Täter von einem hohen Motivationsgrad ausging, was die These eines Verbrechens aus Leidenschaft unterstützte.

»Offensichtlich versucht mein Mandant zu erreichen, daß wir ihn als eine gefährliche Bestie sehen, als einen Gewohnheitskriminellen, mit dem wir kein Mitleid haben sollen. Warum das so ist, weiß ich nicht. Aber ich plädiere darauf, von mildernden Umständen auszugehen, auch wenn der Beklagte selbst diese nicht geltend macht. Stellen wir uns vor: Er erwischt seine junge Gattin in den Armen eines anderen, erwürgt ihn, erschießt

ihn dann noch, nein, das klingt nicht nach einem aus-
gearbeiteten Plan. Natürlich hatte er die Pistole dabei,
denn er hatte von irgendwoher Gerüchte gehört, aber er
benutzt sie nicht, als er sieht, wie die beiden im Bett liegen und Dinge tun, die einen Mann in Wallung bringen
können. Er schießt nicht, er rennt hin, will die beiden
trennen, es kommt zu einer Rauferei, es geht plötzlich
ums Überleben, da erwürgt er den Menschen, der ihm
Hörner aufgesetzt hat. Bekommt es vielleicht nicht einmal mit. Das ist kein hinterlistiger, niederträchtiger
Mord mit Vorsatz, das ist ein Verbrechen aus Leidenschaft, zur Wiederherstellung seiner Ehre, das ist allenfalls Totschlag oder Körperverletzung mit Todesfolge.
Vielleicht könnte besagte Gattin, ob sie nun Francisca
oder Clarissa heißt, Licht ins Dunkel bringen, aber sie
ist untergetaucht. Warum? Aus Scham? Tatsächlich, das
habe ich nachgeprüft, gibt es in Buenos Aires eine Francisca de Alameda, aber wie uns ihr Vater und ein Dutzend weiterer Zeugen schriftlich bestätigt haben, hat sie,
an einem nervösen Fieber erkrankt, große Teile des Jahres 1902 in einem dortigen Krankenhaus verbracht.«

An dieser Stelle zuckten Jägers Mundwinkel, als
müsse er wider Willen lächeln, aber er räusperte sich
nur und schwieg zu den Geschehnissen. Daß Alfredo
Torres aus Montevideo der Cousin zweiten Grades jener
Francisca Alameda aus Buenos Aires war, fand das
Gericht nicht heraus, wofür man ihm keinen Vorwurf
machen kann, denn die Verwandtschaft lag nicht eben
nahe und war durch kein Papier offiziell dokumentiert.
Daß Alfredo Torres für den Vater dieser ominösen Francisca tätig war, hätte man herausfinden können, durch

Nachforschungen in Uruguay, die die vielen Subfirmen und Verzweigungen des Alameda-Imperiums beleuchtet hätten. Dazu hatte in Brasilien niemand Geld, Zeit oder Lust. Es handelte sich schließlich nur um einen Ausländer, der einen Ausländer ermordet hatte. Am 13. März 1903 wurde Jörg Jäger zu zwanzig Jahren Zuchthaus verurteilt. Der Richter ließ in seiner Urteilsbegründung durchblicken, ein milderes Strafmaß wäre möglich gewesen, aber die Bockigkeit des Angeklagten und seine beharrliche Weigerung, die Angelegenheit aufzuhellen, habe, so Cabrero wörtlich, ›den Zorn der Justiz erregt‹.

Kurz nach dem Ende des Prozesses, wenige Tage, bevor er in die Strafverbüßungsanstalt *Alcaçuz* überstellt wurde, erhielt der Verurteilte Besuch von einer ziemlich dicken jungen Dame. Sie machte nicht viele Worte, stellte ihm nur Fragen.

»Haben Sie meinen Verlobten umgebracht? Waren Sie das? Waren wirklich Sie das?«

Jorge wußte nicht, was genau diese Person von ihm wollte, ihr Name, Lucia de Cordoba, sagte ihm nichts, doch ahnte er instinktiv, daß seine Antwort für sie von Bedeutung sein mußte. Er dachte kurz nach.

»Jawohl, Madame, das habe ich – und es tut mir nicht leid.«

Mit diesen Worten drehte er sich um und ließ sich in seine Zelle zurückbringen.

Jorge Jega verzichtete auf eine Revision und akzeptierte das Urteil. Er nahm nie wieder Kontakt zu Francisca auf, doch erhielt er ein Jahr später, zu Weihnachten, Besuch von einem ihm unbekannten Menschen namens Juan Herreira. Ein zwei Meter hoher Mann, der trotz der Wärme in der Besucherzelle seinen schwarzen Mantel nicht ablegen wollte. Er stellte sich Jega als Detektiv aus Buenos Aires vor, der zeitweise als rechte Hand beziehungsweise Leibwächter des Don Alameda tätig gewesen war, nun aber im Auftrag einer anderen Person hier sei, einer Person, die überlegt habe, ihm zu schreiben. Leider könne auch ein Brief ohne Unterschrift zu Komplikationen führen, da die Post von den und an die Gefangenen von der Behörde gelesen würde und sich besagte Person demzufolge sehr verschraubt ausdrükken müßte, um auf der sicheren Seite zu bleiben. Zumal dieser verbohrte, vom Ehrgeiz zerfressene Pflichtverteidiger Burgos noch immer herumüberlege, den Fall neu aufzurollen.

»Deshalb hat besagte Person mich sozusagen als Bote und Sprachrohr geschickt. Stellen Sie sich bitte vor, daß ich mit Ihnen rede, wie sie selbst es täte, wäre sie hier.«

Der Mann besaß eine sonore Baßstimme, und es fiel Jorge schwer, sich etwas anderes vorzustellen. Aber er hörte zu, was Juan Herreira ihm zu sagen hatte.

»Besagte Person läßt ausrichten, daß sie die mit Ihnen gemeinsam verbrachte Zeit als mehrheitlich positiv erlebt hat. Was am 22. Juni des letzten Jahres im Hotel Excelsior genau geschehen ist, haben Sie sich inzwischen bestimmt zusammenreimen können. Die Welt ist ungerecht, sagt besagte Person. Manche, die nichts getan haben, sitzen im Gefängnis, andere, die etwas getan haben, kommen nur zu Besuch dorthin oder schikken jemand anderen vor. So ist das, und besagte Person läßt ausrichten, daß nach dem, was damals geschehen sei, sie nicht wirklich eine Wahl gehabt habe. Entweder zwei wären untergegangen oder nur einer. Besagte Person habe sich entscheiden müssen. Ihr tut es leid, daß Sie im Gefängnis sitzen, aber hier haben Sie wenigstens die Ruhe und Zeit, Ihre Oper fertigzuschreiben. Es gibt überdurchschnittlich viele Amnestien in Brasilien. Doch selbst wenn Sie die gesamte Strafe absitzen müßten, hätten Sie danach immer noch die Möglichkeit, als freier Mann in den besten Jahren Ihre Zukunft selbst bestimmen zu können. Sie würden von besagter Person eine finanzielle Starthilfe erhalten. Sie und besagte Person haben einfach nur Pech gehabt. Die Bescheinigung einer gewissen kirchlichen Trauung sowie die gefälschte standesamtliche Urkunde hat besagte Person verbrannt. Ihr ist es also möglich, sich einen anderen Mann an ihre Seite zu wählen. Seien Sie besagter Person deswegen nicht böse. Das Leben ist kurz, und es gilt, das Beste daraus zu machen. Besagte Person läßt ausrichten, daß ihr vom Vater verziehen wurde und daß sie jetzt, um ihren beschädigten Ruf wieder ganz herzustellen, bestimmte Wege gehen muß. Aus diesem Grund wird sie in wenigen Monaten heiraten und bittet um Nachsicht und Verständnis. Zum Zeichen, daß besagte Person Sie immer noch sehr gern hat, wird sie Ihnen durch mich ab und an Pakete zukommen lassen, mit Dingen, die man in einer beengten Lage gut gebrauchen kann. Besagte Person besteht darauf, kein schlechter Mensch zu sein und einiges, ja, sogar etliches versucht zu haben, um das gemeinsame Unternehmen oder gewissermaßen Abenteuer zu einem glücklichen Abschluß zu bringen. Es hat nicht sollen sein. Besagte Person weiß zu schätzen, daß Sie während des Prozesses nicht versucht haben, ihren guten Namen ins Spiel zu bringen oder in den Schmutz zu ziehen. Selbst der Vater besagter Person rede inzwischen mit – wenn auch noch widerwilligem – Wohlwollen über Sie, den er den ›deutschen Romantiker‹ nennt. Besagte Person wünscht im gebotenen Rahmen ein friedliches Weihnachtsfest und sendet eine letzte Umarmung.«

Der Riese war aufgestanden und streckte die Arme aus, worauf Jega allerdings nicht einging.

Während seiner Haftzeit schrieb Jorge Jega keinen einzigen Brief, doch genoß er die regelmäßig eintreffenden Pakete. Die darin enthaltenen Zigaretten konnte er verwenden, um andere, dringender benötigte Güter einzutauschen.

Lope de Burgos, der energiegeladene Zwerg, wurde einer der berühmtesten Strafverteidiger Brasiliens. Er hätte dem Prozeß womöglich eine spektakuläre Wendung geben können, wäre ihm aufgefallen, daß ein gewisser Vincente de Alameda aus Argentinien, angereist am Todestag des Alfredo Torres (und am nächsten Morgen wieder abgereist), der Vater einer gewissen Francisca de Alameda und der Onkel des getöteten Alfredo Torres war. Aber wie hätte de Burgos oder sonst irgendwer darauf kommen sollen?

Ein knappes Jahr später stellte das Deutsche Reich an die Republik Brasilien einen Auslieferungsantrag, weil gegen einen gleichnamigen Jörg Jäger, geboren 1874 in Dresden, eine Anklage wegen fahrlässiger Tötung anhängig sei. Der Beklagte habe im Jahr 1898 seine Verlobte, die schwangere Lene Krepker, überredet, einen sogenannten Engelmacher aufzusuchen, zum Zwecke der Abtreibung ihres ungeborenen Kindes. Durch den verbotenen Eingriff sei die Verlobte gestorben, ihre Eltern hatten Anzeige erstattet, Jörg Jäger indes habe sich einer drohenden Verhaftung durch die Flucht ins Ausland entzogen.

Dem Antrag wurde vorläufig nicht stattgegeben.

Der verurteilte Mörder Jörg Jäger saß knappe elf Jahre seiner Haftstrafe ab, bevor er im Jahr 1913 an den Folgen einer unbehandelten Blinddarmentzündung verstarb. Die inzwischen fertiggestellte Oper mit dem Titel CLA-RISSA wurde mit dem Gefängnisorchester aufgeführt, zu Weihnachten im Jahre 1908, die Titelrolle übernahm ein Falsett singender Mann. Die Partitur ist seither, bis auf eine einzige Arie, verschollen.

Francisca Alameda bekam mit ihrem zweiten Gatten, dem Fabrikanten Pedro Corrado Nuñes, vier Kinder und starb 1933 an einem Herzinfarkt, ausgelöst, wie man sich in der Familie erzählt, durch exzessiven Kokain- und Alkoholkonsum. Das Grabmal von Jörg Jäger – der Text auf dem Grabstein spricht allerdings von *Jorge Jega, Compositor* – kann heute noch in Rio de Janeiro besucht werden, denn es wurde 1914 dank einer anonymen Spende *em perpetuidade* bezahlt, das bedeutet: für die Ewigkeit.